El camino de Araceli

El camino de Araceli

Entre los ángeles y los diablos de Ciudad Juárez

Marion Surles

Published by Love and Literacy

ISBN 978-0-578-70466-1

Typesetting services by BOOKOW.COM

Para Jay y Maricela
y para mi esposo que me apoya en todo,
Ross

Acknowledgments

Gracias a Margie Gonzalez, a Soraya Roman, y a Veronica Ugalde por ayudarme en la traducción. Cualquier error es mío.

Pues yo sé los planes que tengo para ustedes–dice el Señor–. Son planes para lo bueno y no para lo malo, para darles un futuro y una esperanza.

Jeremías 29:11

Araceli

Araceli luchó para colgar la pesada ropa mojada sobre el tendedero. Ella solo tenía ocho años. El viento levantó el polvo de los terrenos y se adhirió en la ropa mojada. *¿Qué caso tiene?* ella pensó. Entonces escuchó a su mamá gritándole para que se apurara.

"Entra aquí, ¡ahora! Necesito que vayas por las tortillas."

Percibiendo aún un ligero aroma a orines de la ropa limpia, Araceli colgó la última cobija y empujó el tendedero hacia arriba con el palo largo. Ella tomó unos pocos pesos y corrió a la tienda de la esquina, apresurándose para alistarse ella misma y a sus hermanas para ir a la escuela.

Una tortilla enrollada alrededor de una delgada rebanada de mortadela, con ese alimento debía aguantar hasta después de la escuela. Araceli tomó de las manos a sus hermanas pequeñas, y caminaron hacia la escuela contra el viento lleno de polvo.

Araceli era la mayor de una familia mixta. Mientras caminaba Araceli pensaba cómo ella y sus hermanos estaban conectados como medios hermanos con el lazo sanguíneo de su mamá.

Su mamá era llamada Maite por sus hermanas y amigos y no estaba con ningún un hombre en ese momento. Sin hombre en la casa era bueno porque no había peleas ni alcohol, pero al mismo tiempo no había mucho que comer. Gracias a Dios por la abuela, la mamá de su mamá. Ella vivía solo una calle abajo

y cocinaba para ellos cuando podía, como un pozole bien rico o tamales especiales. Araceli esperaba que su abuelita estuviera cocinando ese día.

Las chicas se apresuraron para ir a la escuela con otros niños del vecindario. Los niños siempre tenían una pelota que pateaban entre ellos. Las niñas rara vez se unían al juego. Varios perros flacos siguieron al grupo. Pasaron junto a un perro sentado sobre un trozo de goma espuma que había llegado con el viento. El perro gruñía, desafiando a cualquiera de los perros que pasaban para tratar de quitarle su nueva cama. Basura y bolsas de plástico de S-Mart volaban en un torbellino, parte de esa basura quedaba atrapada en los restos de la cerca de alambre que una vez había rodeado el patio de la escuela. La mayoria de las mallas metallicas de la cerca, habian sido robadas una noche y solo quedaron algunas secciones.

En la entrada de la escuela, un profesor los registró, y cada niño corrió a su salón de clases. A Araceli le encantaba la escuela. Ahí se sentía segura. Ella hacía su trabajo de clase, y nadie le gritaba. Ella era una buena estudiante, y ayudaba a su maestra. En el recreo, la mayoría de los niños corrían hacia los carritos de venta estacionados afuera de la cerca. Los estudiantes generalmente tenían un poco de dinero para comprar una bolsa de churros con salsa Valentina. Araceli casi nunca tenía dinero y agradecía a quien compartiera un bocadillo con ella.

Después de la escuela, Araceli y sus dos hermanas caminaron a casa. Ellas siempre estaban hambrientas. Pasaron por la casa de la abuela, pero nadie estaba. En su casa, un jacalito de tarimas con el techo de lona, tampoco había nadie. Araceli metió la ropa seca, sacudiendo el polvo antes de doblarla. Encendió un pequeño fuego en la estufa y recalentó unas tortillas y algunos sobrantes de frijoles refritos. Después de la comida, hicieron su tarea y luego salieron a jugar en la tierra. Como a las cinco de la tarde cuando ya comenzaba a obscurecer, su mamá llegó con una pequeña bolsa. Había encontrado trabajo limpiando una casa y había ganado lo suficiente para comprarles un burrito para cada quien. "Ve a comprarme un refresco en la tienda," le gritó a Araceli. "Lleva la botella retornable." Su mamá nunca parecía hablarle en un volumen normal.

Araceli se apresuró a hacer lo que le dijo su mamá. En la tiendita, a dos casas al lado, una mujer llamada Carmen le preguntó a Araceli por su mamá. "Ella está bien. Obtuvo un trabajo hoy," Araceli respondió.

"Eso está muy bien. Toma esta bolsa de bolillos y llévalos a casa. Me entregaron pan recién hecho de la panadería el día de hoy."

"Gracias, Señora." Araceli se fue saltando a casa. Por hoy, tenían qué comer.

Rubí

A unas calles más, Rubí, de seis años, jugaba en la tierra junto a su casa hecha de tarimas. Sabía que bajo ninguna circunstancia debía entrar a su casa cuando un hombre estaba presente, deseaba que su mamá mandara al señor lejos de ahí.

Ella quería entrar. El otro hombre no se había quedado tanto tiempo. Por lo menos esperaba que tal vez este hombre tuviera un dulce para ella. Un dulce probablemente calmaría su hambre. Rubí veía como los niños de su vecindario llegaban a casa después de la escuela. Ella quería ir a la escuela también, pero no podía volver a preguntar. Su cara estaba aún enrojecida de la última bofetada que le había dado su mamá por preguntar sobre el día que pudiera ir a la escuela.

La cortina finalmente se abrió, y el hombre se fue acomodándose su pantalón mientras se iba. Rubí entró a la casa casi de manera desapercibida. Su mamá aún continuaba en la cama, en un desgastado colchón en el piso. Por su experiencia, Rubí conocía a su mamá y sabía que no se levantaría para prepararle algo de comer. Rubí agarró una tortilla fría de la repisa y se sentó a mordisquearla en el rincón de la pequeña casa. Rubí temblaba de frío y no podía calentarse después de haber estado afuera tanto tiempo. Encontró un espacio en el colchón junto a su mamá e intentó jalar una vieja cobija para cubrirse. Vio las cucarachas subir y bajar las tarimas hasta que finalmente, se quedó dormida.

La casa de Abuela

El sábado, Araceli y sus hermanas fueron a la casa de la abuela. Ella trabajaba haciendo una olla grande llena de tamales. Cada niña tenía un trabajo por hacer. Araceli desmenuzaba el pollo, Saraí ponía las hojas de los tamales a remojar, separándolas mientras se emblandecían, y Zenaida jugaba con una bola de masa hasta el momento de realizar su pequeño trabajo de mantener los tamales hacia arriba en la gran olla.

La abuela tomaba los chiles verdes y tomatillos de la estufa y los vaciaba en la licuadora para hacer salsa. Después ella mezclaba la salsa con el pollo desmenuzado. Revolvió el caldo de pollo y algo de aceite en un recipiente con la masa y lo probó, agregando un poco de sal. Ya todos los ingredientes estaban listos para empezar a preparar los tamales.

En la mesa Saraí aplastó una hoja de tamal que ya estaba flexible en la mesa. Araceli dejó caer una bolita de masa en el medio de la hoja. La abuela extendió la masa y se lo regresó a Araceli quien colocó una cucharada de pollo en el centro. La abuela era una experta en envolver cada tamal y colocarlo en forma vertical en la olla. Zenaida sostenía los tamales hasta que cada fila quedaba lo suficientemente llena como para mantenerlos a todos en posición vertical. Las cuatro repitieron el proceso hasta que más de cien tamales llenaron la olla.

Los tamales de la abuela eran diferentes a los de la mayoría en Ciudad Juárez. Ella era originaria del estado de Veracruz. Cada región en México tenía diferentes especialidades.

La mayoría de los tamales en Ciudad Juárez estaban hechos con salsa roja. Los de la abuela eran hechos con salsa verde. La mayoría de las personas disfrutaban del sabor distinto en los tamales de la abuela, aunque algunos preferían el sabor tradicional. Así era la gente. Algunos se atrevían probar algo nuevo, pero muchos no tenían ganas ni el valor.

Mientras los tamales estaban al vapor, las niñas jugaban afuera en la tierra. Construyeron una cocinita de juguete con residuos e hicieron tortillas de lodo. Zenaida tenía una muñeca sucia de plástico que había encontrado en el vertedero de basura. Ella la arrullaba y simulaba darle su biberón de leche. Araceli y Saraí jugaban a la escuelita. Araceli disfrutaba ser una niña debido a que la mayoría de las veces debía ser una segunda mamá para sus hermanas más pequeñas. La abuela les habló para que entraran cuando los tamales estaban listos para comer. Les permitió que cada quien tomara dos tamales. Como siempre los tamales estaban deliciosos recién hechos.

Cuando terminaron de comer, Araceli ayudó a la abuela a cargar la olla grande en su triciclo para la venta. El triciclo tenía una canasta grande en el área de enfrente. Una vez que Abuela estaba lista con su olla de tamales para irse a vender a las calles, encaminó a las niñas a su casa.

Cuando las niñas llegaron a casa, su mamá ya estaba de salida. Llevaba puesto su único vestido y tacones. Araceli no entendía por qué la abuela trabajaba tanto mientras su mamá solo salía a fiestas.

"Cuida a las niñas, Araceli. No quiero ningún reporte de los vecinos quejándose de ustedes por correr en las calles."

Araceli asintió. "Si, Mamá." Las niñas entraron y cerraron la puerta con la cadena. Araceli tomó su mochila para encontrar algo que leer bajo la bombilla. Zenaida y Saraí veían caricaturas en la televisión a blanco y negro. Pronto estarían dormidas.

Muy temprano en la mañana siguiente, su mamá llegó exhausta como siempre y sin ánimo de ser la mamá que debía ser. Le sonrió a Araceli quien aún estaba en cama pero despierta. "Tengo trabajo otra vez y es permanente," le dijo.

"Eso es bueno, Mamá," dijo Araceli. Ella estaba contenta por ver a su mamá feliz. "¿Cuándo empiezas? ¿Qué harás?"

Araceli estaba emocionada y tenía muchas preguntas.

"Limpiando una oficina tres veces a la semana. Empiezo mañana," su mamá le respondió con una sonrisa. Su mamá rara vez sonreía a menos que estuviera disfrutando una cerveza con un pretendiente.

"¿Viste a Abuela?" Araceli le preguntó.

"No, apenas llegué. Ve a verla." La voz en tono alto de su mamá regresó, y la sonrisa se fue.

Araceli se vistió rápidamente y corrió hacia la calle de la abuela. El triciclo estaba encadenado al poste de su casa. Había humo saliendo del tubo de la estufa, así que Araceli entró. "Buenos días, Abuela. ¿Cómo estuvieron las ventas ayer?" preguntó.

"Buenos días, mi niña. ¿Visitándome? Quieres algo de desayunar y después vamos hacia la iglesia? Vendí todos los tamales. Necesitamos dar gracias a Dios por eso."

"Sí, 'buelita." Araceli amaba ir a la iglesia con su abuela. Ella se sentía mejor en su mundo cuando regresaba de la iglesia.

"Corre, ve por tus hermanas. Calentaré algo de chocolate."

Pronto estaban caminando hacia la iglesia agarrándose de la mano. Araceli podía escuchar las guitarras y alababa las canciones que amaba. Las cuatro cantaban juntas mientras caminaban. Araceli sintió la calidez de estar en familia y sonrió.

Pero mientras se acercaban a la iglesia, pasaron un jacal donde una niña pequeña de la edad de Saraí estaba llorando, sentada solita en la tierra. La cortina que servía de puerta se abrió, y una joven madre escasamente vestida se asomó.

"Rubí, ven aquí y deja de llorar," la mujer le gritó a la pequeña niña. Abrochándose su pantalón, un hombre salió por la puerta. La mujer se quitó el zapato y golpeó a la niña con su chancla mientras entraba. Araceli escuchó el llanto continuar mientras su cálido sentimiento era remplazado por tristeza.

Navidad

Los siguientes meses pasaron sin incidentes. Su mamá tenía un trabajo estable, y había suficiente para comer. Su abuela vendía más tamales a medida que los días estaban más fríos. Araceli sobresalía en la escuela y ayudaba a sus hermanas a hacer lo mismo. Su mamá no parecía gritar tanto mientras Araceli continuaba haciendo sus quehaceres.

Las vacaciones escolares para Navidad y Nuevo Año duraban tres semanas. Las niñas estaban emocionadas. Probablemente este año con su mama trabajando, podrían tener algunos regalos. Se habían inscrito a una organización benéfica para Navidad, y una familia les llevaría un regalo para cada quien y algo de comida. Araceli esperaba esa época por primera vez.

El sábado antes de Navidad, las niñas ayudaron a la abuela a hacer un lote doble de tamales. Ambas ollas apenas cabían en el triciclo de venta y era muy pesado de pedalear.

"Abuela, eso es demasiado para usted," Araceli mencionó. "Por favor, déjeme ir con usted."

"Estaré bien, mi'ja. He hecho esto cada Navidad."

"Si, 'buelita, pero usted ya no es tan fuerte como antes." Araceli estaba preocupada por su abuela.

"Pregúntale a tu mamá si puedes caminar conmigo, y podemos empujar el triciclo juntas."

Araceli corrió a su casa. "Mamá, ¿puedo acompañar a Abuelita a vender los tamales hoy? Por favor."

"Y entonces ¿quién cuidará a tus hermanas? No, no puedes. Tengo que salir."

"No, no puedes," Araceli chasqueó sin pensar. Su mamá le pegó en su cabeza con su chancla. En casa siempre había un zapato listo.

"No me hables así, tu trabajo es cuidar de tus hermanas."

Junto con sus hermanas, Araceli regresó con la abuela arrastrando los pies. "No puedo ir, lo siento, tengo que supervisar a mis hermanas."

"Lo lamento, Araceli. Algún día serás una buena mamá de tus propios hijos. Puedo ver como cuidas de tus hermanas. Las quiero, hijas. Vayan a casa" La abuela empujó el triciclo con un quejido. El peso del triciclo era mucho para ella, pero ella no se rendiría. Araceli la observó hasta que la perdió de vista. Las tres niñas regresaron a casa mientras su mamá se iba luciendo su vestido de fiesta.

Cuando Araceli se levantó temprano la mañana siguiente, su mamá no había llegado a casa. Araceli despertó a sus hermanas, y corrieron a la casa de la abuela. Había humo en la estufa y podían oler los tamales.

"Abuela, ¿vendió usted todos los tamales? ¿Nos puede regalar uno para desayunar?" las niñas preguntaron al mismo tiempo.

La abuela les sonrió a sus tres hermosas nietas. Dios la había bendecido con ellas. No podía entender que había salido mal con su propia hija. "Si, bebés," les dijo. "Me quedaron unos pocos para mis niñas favoritas. Pero, ¿dónde está su mamá?"

"No llegó a casa anoche," dijo Zenaida. "¿Sabe usted en dónde anda ella?"

"Zenaida," Araceli susurró a su hermana más pequeña, pero ya era muy tarde. La abuela ya había escuchado. Araceli no sabía por qué pensaba que le debía ocultar información.

"No, no sé donde está," la abuela respondió tratando de disimular su molestia. "Pronto estará en casa."

Los tamales de la abuela siempre estaban deliciosos. Las niñas los devoraron mientras su abuela les servía chocolate caliente hecho con tabletas de Chocolate Abuelita. Ella siempre hacía el mejor chocolate caliente también.

Después de que todas terminaron de desayunar, Araceli ayudó a limpiar la cocina, viendo a la abuela de reojo.

"Abuela, usted se ve muy cansada. ¿Me permite terminar y usted se va a descansar?"

"Creo que lo haré, Araceli. Ese triciclo estaba bastante pesado ayer."

"Estaba doblemente pesado," dijo Araceli. "Vaya usted a descansar y eleve los pies."

Una hora después, llegó su mamá buscando a las niñas. "¿Por qué no están en casa? Estaba muy preocupada. Vámonos, hay cosas que hacer en nuestra casa."

La noche del 24 de diciembre, las niñas fueron a la iglesia con su abuela. Araceli seguía preocupada por su abuela. Abuela no parecía ser la misma. Araceli colocó su brazo alrededor de la cintura de su abuela. La sintió muy delgada. *Por favor, Dios, ayuda a mi abuela. Mis hermanas y yo la necesitamos. Y dondequiera que se encuentre mi mamá, por favor cuida de ella. Ayúdala a ser feliz.*

La misa estaba por terminar. El pastor estaba doblando la servilleta y haciendo limpieza. Era un proceso muy organizado. A Araceli le gustaban las cosas limpias y organizadas.

Al terminar la misa, la familia se levantó para regresar a casa cuando de repente la abuela se cayó en el duro banco. Araceli la agarró para que no se golpeara su cabeza.

"Abuela, ¿qué sucedió?"

Algunas señoras se apresuraron para ayudar y la acostaron en el banco, colocándole un chal bajo su cabeza. "Lo siento, solo estoy muy cansada." Gradualmente, le regresó su color, y la abuela pudo sentarse. Araceli la ayudó a levantarse, y caminaron a casa mientras sonaban las campanas de la iglesia a la a media noche.

Al día siguiente, día de Navidad, las niñas esperaban que su mamá llegara a casa. Ella tenía que ir con ellas al parque a las 4:00 pm para conocer a la familia que los patrocinaba. Cerca de las tres en punto, Mamá llegó a casa, caminando ligeramente de lado cuando entró por la puerta. "Apúrate, Mamá. No queremos perder a nuestro patrocinador en el parque," dijo Saraí.

"No me grites," Mamá dijo. "Estoy lista."

"Pero, Mamá," Araceli dijo, "no puedes ir cuando has estado tomando cerveza."

Araceli no se dio cuenta de la aparición de la chancla. Su mamá la golpeó en la cara con su sandalia. Araceli intentó no llorar y llevó a sus hermanas afuera para esperar a mamá. Estaba más preocupada por su abuela que por su mamá, pero no quería sacar el tema hasta que su mamá estuviera contenta. No estaba segura cuando sería el momento.

A las cuatro en punto, su mamá y las tres niñas caminaron hacia al parque. Muchas familias ya se habían encontrado, y los niños jugaban con sus nuevos juguetes. La mayoría de los niños recibieron trompos y carritos. Las niñas obtuvieron muñecas y disfraces de princesas. Muchas mamás obtuvieron una canasta con comida. Algunos papás estaban ahí con sudaderas nuevas. Araceli esperaba encontrar a la familia patrocinadora. Pero, lentamente las otras familias comenzaron a retirarse a casa. Pronto solo quedaba una familia patrocinadora. El nombre que ellos tenían no coincidía con la familia de Araceli.

"Nosotros tenemos la familia de Luis Contreras Aguilar. Tenían tres niñas. ¿Los conocen?" la señora preguntó.

"No, no los conozco," respondió Araceli, "pero nosotras somos tres niñas." Sonrió con su más grande sonrisa.

"Bueno, debe ser un error. Niñas, ¿por qué no recogen estos regalos?," preguntó la amable señora. "Feliz Navidad y que Dios las bendiga."

"Gracias," las tres niñas dijeron al mismo tiempo. Había un disfraz de princesa exactamente de la talla de Zenaida, una muñeca con cabello real para Saraí, y un cuaderno de dibujo y marcadores para Araceli. Estaban emocionadas. Su mamá no había dicho nada solo murmuró unas pocas palabras sobre los obsequios sobrantes. Maite finalmente sonrió cuando le entregaron una olla para tamales llena de frutas y verduras.

"Dios le bendiga y a sus preciosas niñas, Señora," le dijo la señora. "Dios puede usarlos. Hable con él y escúchele. El tiene un plan para cada una de ustedes."

Inmediatamente Maite puso una cara de enojo y dijo, "Dios no parece conocer este vecindario. Todas estas iglesias del alrededor dicen lo mismo, y nadie parece cambiar. Vámonos niñas." Araceli no estaba sorprendida por la reacción de su mamá. Ella nunca las acompañaba a la iglesia y su carácter era lo mismo día con día.

Inmediatamente emprendieron su camino a casa. Pasaron por la casa de Rubí vieron que Rubí y su mamá estaban afuera con un hombre quien estaba comiendo un elote en un palo. El elote estaba cubierto con mayonesa, chile, y queso.

"Dame una mordida," Rubí imploraba.

Su mamá la golpeó en la cabeza gritando, "¡Ve adentro! ¡Déjanos solos!"

Rubí obedeció con una mirada de rebeldía. Araceli sintió un nudo en el estómago. Ella esperaba nunca llegar a ser ese tipo de mamá.

Araceli se detuvo en la casa de la abuela para visitarla y revisarla como seguía de salud. Abuela ya estaba en cama y parecía tener mucho frío. Tenía varias cobijas en su cama. Araceli atendió el fuego en la estufa y añadió más leña. "Abuela, mañana la llevaré a la clínica."

"Feliz Navidad, mi'ja," la abuela dijo. "Te amo."

"Yo también la amo, Abuela, Feliz Navidad."

Araceli la abrazó fuerte y se sentó al lado de su cama hasta que Abuela se quedó dormida. Caminó tristemente hacia casa. Contaba tanto con su abuela. No podía pensar en un futuro sin ella.

Cuando llegó a casa, sus hermanas la estaban esperando. "Mamá se fue," Saraí dijo. "Ella traía su vestido y zapatillas de siempre."

Como siempre Araceli sintió el deber de ver por sus hermanas. Ella calentó algunas tortillas que había y con la última cucharada de Maizena que había hizo un poco de atole. La cálida bebida espesa ayudó a llenar el vacío en el estómago de cada una si no en el corazón.

Zenaida se quedó dormida con su disfraz de princesa. Saraí peinó el cabello de su muñeca, y Araceli hizo algunos dibujos de la vida que soñaba. Dibujó una pequeña casa con una mamá, un papá y dos bebés. La mamá empujaba una carriola con un bebé dentro. El papá estaba construyendo un cuarto más grande dentro de la casa. La niña más grande jugaba con una muñeca bajo un árbol de lila. En el siguiente dibujo la familia de cuatro visitaba un zoológico. Araceli nunca había estado en un zoológico, pero ella había visto libros en la escuela acerca de ellos. Ella deseaba llevar a sus propios hijos a un zoológico algún día.

Una vez más, su mamá no llegó esa noche. Araceli tenía miedo de hacer un fuego grande en la estufa cuando su mamá no estaba. Así que Araceli y sus hermanitas se acurrucaban debajo de varias cobijas. Mientras intentaba dormir, Araceli oraba en silencio, "Señor, cuida de mi abuela, y trae a Mamá a casa pronto." Después de unos minutos, las tres niñas se quedaron dormidas mientras el viento con el polvo y la contaminación del desierto filtraba las grietas de las tarimas.

La mañana siguiente, Araceli estaba contenta de que su mamá estuviera de vuelta en casa. Araceli salió a la letrina y regresó para lavarse la cara en un recipiente con agua fría. Ella añadió más leña al fuego para mantener a su mamá y sus hermanitas calientitas. Recordando el inmenso frío afuera al salir al baño, se agregó otro suéter y murmuró a su mamá, "Iré a ver a Abuela y la llevaré a la clínica."

Su mamá murmuró algo que Araceli no alcanzó a oír, y Araceli siguió con su plan, corriendo hacia la casa de su abuela. Al ver el humo saliendo por la chimenea Araceli sintió un calor adentro. Abuela estaba despierta esperándola. "Abuela, ¿cómo está usted?"

"Estoy bien mi'ja, no te preocupes por mi."

"Vine para caminar con usted hacia la clínica. Necesitamos llegar temprano para asegurar un lugar."

"Está bien, mi'ja. Te calentaré el último tamal," insistió.

"Gracias, Abuela," dijo Araceli con una sonrisa.

Caminaron lentamente hacia la clínica, Araceli estaba comiendo su tamal con una mano y con la otra apoyaba a su abuela. Cuando llegaron a la clínica, había una fila de personas esperando las citas. Estuvieron de pie en la fila por al menos una hora antes de que finalmente recibieron un turno para las once de la mañana. Encontraron un lugar soleado fuera del viento para descansar hasta la hora de la cita. Araceli estaba preocupada porque la abuela se veía muy pálida y cansada.

Al medio día, seguían sin ser llamadas, y alguien salió a colgar un letrero que informaba que la clínica cerraría hasta la una de la tarde. Finalmente, cerca de las dos de la tarde, la abuela fue llamada. El doctor escuchó brevemente a la abuela explicar sus síntomas, escribió una lista de exámenes para el hospital y un par de recetas médicas para la farmacia, y terminó la cita. Caminaron a la farmacia más cercana. Los exámenes costarían el equivalente a dos semanas de venta de tamales. Las recetas eran para vitaminas y unas pastillas anti-inflamatorias. Compraron los medicamentos y caminaron a casa. Eran casi las seis de la tarde. Araceli le preparó un atole y un pan para Abuela. Luego le dio la vitamina y su pastilla de ibuprofeno y le ayudó a acostarse. Araceli estaba cansada pero contenta de haber podido ayudar a su abuela. Se despidió de su abuela con un beso y caminó sola a casa por la calle polvorienta, entrecerrando los ojos para evitar el polvo.

Para sorpresa de Araceli, su mamá seguía en casa, y la vio sonriendo mientras recogía la cocina. "Por qué sonríes mamá?" Araceli preguntó.

"Ya te dije. Tengo un trabajo."

"Entonces, ¿cuál es la diferencia?"

"Sigo limpiando la oficina, pero me dieron un aumento de sueldo. Voy a necesitar que lleves a tus hermanas a la escuela."

Araceli siempre cuidaba de sus hermanas y no sabía porque esta vez era diferente. Pero entendería todo más después.

Los siguientes días las niñas continuaban de vacaciones, pero su mamá se iba cada mañana con un vestido nuevo. Ella se quedaba hasta tarde cada noche. Las clases comenzarían hasta después del 6 de enero, día de los Reyes Magos. Araceli sabía que algunas familias celebraban ese día y también recibían algunos regalos de los reyes, pero no en el vecindario. Araceli sabía que no debía preguntar por eso. Ella todavía estaba feliz con el juego de arte que le habían regalado en Navidad. Por alguna razón, pensaba en la pequeña Rubí quien siempre parecía estar llorando. *¿Habrá recibido algún regalo?* Araceli sintió una profunda tristeza. El mundo parecía ser cruel. *¿Por qué Dios no cuidaba de esa niña pequeña?*

Abuela

Cuando las clases empezaron de nuevo, Araceli comenzó a cuidar a sus hermanas como su mamá le había dicho. Ella vestía a sus hermanas, las llevaba a la escuela todas las mañanas, y las recogía cada tarde, deteniéndose cada día para visitar a su abuela.

Su abuela se veía cada vez más débil, y Araceli se preocupaba mucho. Aunque su mamá se preocupara por la abuela, su mamá no alcanzaba para ayudarla con el costo de los exámenes médicos. Araceli sabía que alguien debería estar cuidando de la abuela y llamó a sus dos tías para que la visitaran. Cuando las tías llegaron, se quedaron horrorizadas al ver el estado en que estaba la abuela. Ellas se hicieron cargo de su cuidado, pagando por los exámenes recomendados y tomando turnos para llevarle comida nutritiva mientras esperaban los resultados de los exámenes.

Una semana después, las tías desesperadas llevaron a la abuela a una clínica naturista de remedios caseros que una amiga les había contado. Las tías solamente le habían dicho a Araceli que los exámenes indicaban que la abuela padecía de cáncer. Las tías continuaban tomándose turnos para llevarla una vez a la semana para recibir una infusión especial. La mamá de Araceli nunca tomaba un turno, y la salud de la abuela nunca parecía mejorar.

Mientras la salud de la abuela continuaba decayendo, las tías decidieron llevar a la abuela a un hospital público. El doctor que la evaluó dijo que era muy tarde para tratarla y confirmó que tenía cáncer. Las tías intentaron explicarle al doctor que la abuela ya había estado recibiendo tratamiento para su cáncer y describieron la clínica y las infusiones. El doctor sacudió su cabeza y dijo, "No hay infusión para este cáncer. No hay cura."

Las tías se sintieron engañadas y estafadas. Llevaron a la abuela a su pequeña casa. Araceli no entendía del todo, pero sabía que estaba perdiendo a su abuela.

"Araceli," su mamá dijo. "Ve a sentarte con la abuela mientras platico con tus tías sobre el cuidado y el estado de tu abuela." Araceli lloraba mientras acompañaba a su abuela a la habitación.

Las tías con la mamá de Araceli divisaron un plan de cuidado prometiendo regresar tomándose turnos diariamente.

La abuela abrazó fuerte a su nieta. "Está bien Araceli. Tu eres la más fuerte de todas. Tú sabes la verdad, que Dios nos ama y nos va a cuidar. Desearía quedarme para ayudarte, pero ya estoy muy débil y pronto debo irme. Te amo, y Dios te ama también."

Araceli dejó que sus lágrimas cayeran en silencio mientras sostenía la mano de su abuela. Intentaba rezar, pero las palabras no llegaban.

Araceli se quedó dormida junto a la cama de la abuela. Cerca de la media noche, Araceli escuchó a su abuela tratando de levantarse. "Déjeme ayudarla, Abuela." Mientras la ayudaba, se preguntaba por qué sus tías o su mama no estaban ahí para ayudar a la abuela. Abuela necesitaba usar el baño que se encontraba afuera de la casa. Abuela apenas podía caminar y no parecía estar en condiciones para salir de su casa.

El viento soplaba bajo la gastada cortina del baño. Abuela se puso de pie, dio unos pasos hacia la casa, y colapsó. "*¡Ayúdame!*" Araceli gritó en medio de la noche. Intentaba ayudar a su abuela a levantarse, pero no era lo suficientemente fuerte.

Delicadamente, colocó la cabeza de su abuela en el piso y corrió a la casa gritándole a su mamá a que fuera a ayudar a la abuela.

Para su horror, Araceli encontró a sus hermanas solas en la casa. Sin explicarles a sus hermanas lo que estaba pasando Araceli corrió a ver a Carmen gritándole a que fuera a ayudar a su abuela. Juntas pudieron llevar a la abuela a su cama nuevamente.

"¿Por qué estás sola, Araceli?" Carmen preguntó.

"Pensé que Mamá vendría. Creí que estaba en casa."

"Intentaré encontrarla," dijo Carmen.

Cerca de las cinco de esa mañana, llegó la mamá de Araceli. Las tías llegaron poco después, inmediatamente haciendo acusaciones. "¿Dónde has estado, Maite?"

"¿Qué quieres decir, Maite? ¿Por qué dejaste sola a Araceli al cuidado de Mamá?"

"¿Qué estás haciendo con otra panza y sin esposo, Maite?"

Araceli se dio la vuelta para ver a su mamá mientras su mamá rápidamente intentaba cubrir su panza. Ahora Araceli entendía el nuevo trabajo de su mamá. Se entristeció. Pensó en Rubí y su mamá. ¿Su propia mamá sería mejor? ¿Eran los hombres la única forma de ganarse la vida?

"Araceli," dijo Mamá. "Ve a casa con tus hermanas."

"Sí, Mamá."

Araceli caminó a casa en medio del frío. Llegando a casa, sus hermanas le pidieron de comer. Como siempre, no había comida en la casa. Araceli llevó a sus hermanas de regreso a la casa de la abuela. Mientras cruzaban la puerta, las tías continuaban discutiendo con su mamá.

"Tú nunca cambiarás, Maite," dijo la tía Lala.

"Siempre has pensado que un hombre resolverá tus problemas. ¿Cuándo te harás responsable de ti misma?" le mencionó tía Eunice. "¿Podemos al menos confiar en que te quedarás hasta medio día?"

Araceli vio a su mamá asentir con la cabeza, sus ojos mostraban más enojo que arrepentimiento. Las tías se despidieron de la abuela nuevamente y se fueron. Araceli hizo un espeso chocolate caliente para sus hermanas justo como la abuela le había enseñado. Encontró unos viejos panecillos para comer junto al chocolate recién hecho. Ella pensaba en lo que la abuela le había dicho. Dios la amaba, y ella era fuerte, pero Araceli no tenía idea de como ayudarla. "Señor: ayúdame a ser fuerte como Abuela."

Dos días después, era momento de regresar a la escuela, pero la abuela ya se había fallecido. Y la vida sin la Abuela no parecía tener sentido.

Escuela

Los próximos años fueron complicados para Araceli. Y sus hermanas. Sin la ayuda de la abuela, Araceli y sus hermanas frecuentemente se iban a la cama con hambre. Su mamá había dado a luz a dos nuevos niños más que cuidar. Muy pronto el hombre de la oficina se mudaría a casa para ser el padrastro número tres para Araceli. A pesar de todo Araceli amaba a sus nuevos hermanos y cuidaba de ellos la mayor parte del tiempo, pero no comprendía a su mamá. Ella no entendía cómo más bebés o ese trabajo de mamá les ayudaba. La vida era muy complicada.

El nuevo padrastro era Gilberto, el conserje de la oficina que había contratado a su mamá para ayudar a limpiar. El estaba casado, pero eso no parecía significar nada para él. Los dos hermanitos nuevos de Araceli habían nacido antes de que él decidiera dejar a su esposa. Tan pronto como él se mudó con Maite, él renunció a su trabajo fijo en la oficina, trabajando un par de días a la semana vendiendo dulces en las calles, o en el verano vendía paletas de hielo. La mayor parte de lo que ganaba era para comprar cerveza el fin de semana o para alimentarse el mismo. Si compartía algo, era solo con sus dos hijos. Maite tenía que buscar y vender chatarra y latas para alimentar a las otras niñas.

Araceli estaba en sexto grado, su último año de Primaria. Sus maestros estaban muy orgullosos de ella. Un día después de clases, su maestra la detuvo.

"Araceli, quiero que presentes el examen de ingreso para la secundaria. Deberías seguir estudiando."

"Si, Maestra, gracias. Me encantaría seguir la escuela."

Araceli corrió a casa a contarle a su Mamá. Pero tristemente no obtuvo la respuesta que esperaba.

"No, Araceli. Nadie en nuestra familia ha pasado de estudiar la primaria. ¿Qué te hace pensar que eres tan grande y poderosa que puedes ir? Te necesito aquí. Tienes trabajo que hacer en casa."

Araceli estaba tan sorprendida que no sabía qué contestar. En su mente, pensaba que su mama debería estar orgullosa de ella. Las lágrimas empezaron a correr por su rostro. Su mamá no sentía simpatía por ella ni por nadie más.

"Déjate de esos lloriqueos y lava esa ropa ahora antes de que el viento levante tierra. Después lleva a tus hermanas a recoger algo de metal que necesitamos tortillas," le dijo su mamá sin la menor simpatía hacia ella.

Araceli estaba contenta por trabajar afuera, sintiendo alivio por no escuchar los reproches de su mamá. Pero las lágrimas continuaban mientras pensaba en cómo habría reaccionado su abuela. Araceli siempre intentaba ser la niña fuerte que su abuela le dijo que era. Intentaba orar honestamente, pero lo único que podía pensar y decir era, *Señor, quiero seguir estudiando.*

Al siguiente día en la escuela, la maestra preguntó a Araceli cuando podría quedarse para hacer el examen.

"No puedo," respondió. "Tengo que ayudar a mi mamá en la casa, con mis hermanitos."

"Déjame hablar con tu mamá. Ella se dará cuenta de que estudiar podría cambiar tu vida, incluso la de todos ellos," la maestra dijo. "Pregúntale si mañana puedo hablar con ella."

Araceli ya sabía cómo sería esa conversación, y sabía que su mamá nunca cambiaría de idea. Así que Araceli decidió tomar el asunto en sus propias manos. Fue con su tía Euladia, que tambíen era su madrina. Su tía Lala había estado en el hospital cuando murió la abuela. Ella había sostenido a Araceli susurrando, "Dios te ama" mientras Araceli sollozaba en sus brazos. Como su madrina, su tía Lala debía tener un poco de influencia sobre mamá. Araceli sabía que contaría con su apoyo en esta decisión. "Quiero ir a la secundaria y la maestra quiere que presente el examen, pero Mamá me ha prohibido tomarlo," Araceli le explicó a su tía Lala.

"Sigue adelante, presenta el examen, y yo pagaré la cuota," la tía Lala le dijo. "Hablaré con tu mamá."

El día siguiente, Araceli pudo quedarse después de clase y tomó el examen. Aprobó con un gran éxito. Araceli estaba segura que iba a lograrlo y no se sorprendía de la reacción de su mamá.

"Lala, ¿por qué le estás metiendo esas ideas a Araceli en la cabeza? Ella no puede ir a la secundaria. Ella tiene responsabilidades aquí en casa. Además, nosotros no podemos pagar los uniformes y los costos. ¿Quién se cree que es?"

"Ella aprobó el examen, Maite. Deberías estar orgullosa. Araceli necesita seguir estudiando. Yo te ayudo a pagar la inscripción y a comprar el uniforme."

"No, tú no eres su madre. Ella se quedará en casa a ayudarme y punto."

La tía Lala no pudo convencer a Maite que Araceli debería seguir estudiando. Araceli se dio cuenta de que su educación había llegado a su fin.

La Quinceañera

Los días se hicieron más largos y más difíciles mientras ayudaba a su mamá a cuidar a sus hermanos. Los dos hermanos menores siempre eran mimados y nunca tenían la culpa de nada. Zenaida todavía tenía a su padre para que la rescatara de vez en cuando. A Saraí nunca se le pedía que ayudara con la larga lista de tareas que Araceli hacía. Los gritos nunca cesaban. Cuando Gilberto llegaba a casa, primero compartía sus sobras con Gilberto Jr. y su pequeña hermana Adriana. Araceli comenzó a pasar su tiempo caminando por el parque del vecindario. Nunca se sentía cómoda en su propia casa cuando Gilberto estaba ahí.

Un domingo, Araceli decidió visitar una iglesia a la que había asistido una vez con su abuela cerca del jacal de Rubí. Araceli no había visto a Rubí en la escuela por un tiempo, tal vez desde segundo grado cuando su mamá dejó de inscribirla.

De repente, Rubí salía de su jacalito cuando Araceli pasó. Rubí también había crecido. Tenía once o doce años, pero ya se estaba convirtiendo en una señorita a su corta edad. Araceli la saludó, pero Rubí apenas le hizo caso. Llevaba un vestido muy ajustado y parecía usar mucho maquillaje. Araceli aún no usaba maquillaje. Sentía tristeza por Rubí, pero no entendía por qué.

Cuando Araceli llegó a la iglesia, encontró a algunas señoras preparando comida en el *comedor*. "Buenas tardes, mi'ja. Dios te bendiga," la saludaron.

¡Qué sensación tan cálida ser recibida así en un lugar! Araceli pensó. "¿Puedo ayudar?"

"Sí, puedes enrollar los tamales con nosotras."

"Recuerdo los tamales de tu abuela, ¡deliciosos!"

"Sí, sí puedo. Mi abuela me enseñó todos los pasos." Araceli les ayudó a terminar la gran olla de tamales, disfrutando de la plática y el chisme entre ellas.

"Si puedes, vuelve mañana para ayudar en el comedor. Trae a tus hermanas también," las señoras dijeron.

Araceli sintió que la esperanza aumentaba en su pecho mientras caminaba a casa. Quizás Dios tenía un lugar para ella. No sabía por qué su mamá nunca quería ir a la iglesia. Incluso se burlaba de Araceli por ir, diciendo, "¿Por qué molestarse? Todavía te enojas conmigo y con tus hermanas. ¿Para qué sirve pasar tanto tiempo dentro de una iglesia?"

Probablemente su Mamá tenía razón. Pero de alguna manera, estar en la presencia de Dios en la iglesia hacía la vida soportable, le daba paz interior.

Cuando se acercaban sus quince años, Araceli anhelaba tener una quinceañera como sus amigos. Aunque la mayoría de sus amigas tuvieron una misa católica, Araceli quería su quinceañera en la iglesia donde acostumbraba ir y la fiesta afuera de su casa. Sabía que era muy costoso. Decidió probar su suerte y caminó hacia la casa de su tía Lala.

"Tía, mis quince años se acerca en junio. ¿Podría ayudarme a tener una pequeña quinceañera?"

"Por supuesto, mi'ja, vamos a comprar tu vestido el sábado. ¿Qué color te gustaría?"

Araceli sonrió, intentando contener su emoción. "Azul turquesa," respondió sin pensarlo mucho, "con plata. Pero, ¿Qué hay de Mamá?"

"Esta vez la convenceré," dijo tía Lala, y ella lo hizo.

La quinceañera de Araceli fue hermosa. Su vestido era tal como lo había soñado. El pastel y las flores eran del mismo color. Sus hermanas también tenían vestidos que combinaban con los colores de su vestido. Su pequeño hermano incluso tenía un traje con color turquesa. Durante el servicio de la iglesia, el pastor habló sobre el plan de Dios para su vida, "planes para prosperar y dar esperanza." Ella oró para que Dios escuchara su petición.

Después del servicio de la iglesia, todos fueron a la fiesta enfrente de su casa. La tía Lala había comprado un permiso para cerrar la calle de en frente de su casa de Araceli. En una mesa estaban el pastel y el ponche; en otra mesa había carne guisada, arroz, y frijoles pagados por la tía Eunice. Otro pariente les había pagado a un fotógrafo y a un DJ. Araceli se sentía como una princesa mientras bailaba el primer baile con el padre de Zenaida quien reemplazó al suyo. Sus hermanos bailaron a su alrededor. Araceli estaba contenta que unas amigas de la primaria vinieron a su fiesta, aunque dos de ellas ya tenían a sus propios bebés.

La noche era mágica para Araceli. Incluso su mamá parecía estar contenta con ella. Al menos hasta que alguien llegó con cervezas, y casi todos comenzaron a emborracharse. Después de eso, la magia de la noche fue arruinada. Araceli reconoció a la mamá de Rubí bailando con Gilberto. Su mamá bailaba con el padre de Zenaida lo que puso celoso a Gilberto. La tía Lala intentó que mamá dejara de bailar, lo que hizo que mamá se enojara con su hermana. Un vecino cuya esposa trabajaba de noche se desnudó hasta quedarse en ropa interior y trató de bailar con todas las muchachas. Gilberto le golpeó al vecino medio encuerado cuando intentó bailar con Mamá, y estalló una pelea. Araceli tomó las manos de sus hermanos y los llevo dentro de la casa.

Araceli se quitó su hermoso vestido. Su ropa vieja parecía aún más vieja y sucia. Ella volvió a su antigua vida, acostando a sus hermanas e intentando no llorar hasta quedarse dormida. *¿Por qué el alcohol tenía que arruinarlo todo?*

La violencia comienza

Días después, en su caminata habitual para recoger a sus hermanas en la escuela, Araceli veía como las calles seguían llenas de baches y basura y los perros callejeros todavía luchaban por un hueso de pollo o un trozo de burrito que encontraban tirado. Pasó por la casa de Rubí y notó que ahora estaba embarazada. *¿Cómo podía ser eso posible? Ella tenía solo 12 años,* pensó.

En la escuela, Araceli observaba a las mamás reunirse para recoger a sus hijos. La mayoría de ellas llevaba a otro niño de la mano. Se preguntó si alguna vez soñaron con una vida mejor a la que tenían. *¿Había algo mal al querer estudiar y trabajar en una oficina? ¿Desearían otras mujeres hacer algo más además de criar hijos? ¿No querían algo mejor para sus hijos? ¿Por qué ella misma no estaba contenta con su vida?*

De regreso a casa, Araceli dejó que sus hermanas se detuvieran a jugar en el parque. La mayoría de los columpios estaban rotos, y todo estaba pintado de graffiti. La música sonaba desde los grandes altavoces de un vendedor de acera. Se sentó en un banco desbaratado y soñó con otra vida. Ella soñaba con llevar a sus propios hijos a un parque limpio, con tener suficiente dinero para ir al zoológico o al cine y poder disfrutar en familia. Tal vez ella trabajaría en un banco detrás de un panel de vidrio. Usaría zapatillas para trabajar, y su esposo estaría muy orgulloso de ella. Ayudaría a sus hijos con sus tareas, y ellos terminarían la prepa. Inclusive, ella y su esposo tendrían muchos nietos.

De repente, un automóvil se detuvo enfrente de un vendedor cuando sonó un disparo. Un hombre saltó del auto, tomó las bocinas, y corrió. Zenaida y Saraí llegaron corriendo con Araceli mientras todos se cubrían debajo de la resbaladilla. No hubo más disparos, pero el vendedor estaba muerto, tirado en la banqueta. Los vecinos se reunieron, esperando a la policía que no llegaría pronto. Temblando de miedo, Araceli y sus hermanas saliendo lentamente por detrás del resbaladero, agachadas hacia la calle trasera, se fueron a casa sin decir una palabra. La imagen del muro cubierto de sangre quedó grabada en su memoria.

Esa noche cuando los vecinos llegaron del trabajo, los rumores comenzaron a circular. Algunos creían que el vendedor era parte de una banda de narcotraficantes. Otros creían que lo habían asesinado por robarle los altavoces. Otros decían cosas como "no debería haber estado escuchando su música tan fuerte" o "solo estaba buscando problemas por instalarse así en la banqueta." Araceli no creía los chismes. *Intentaba ganar dinero para su familia. ¿Cómo podría estar buscando problemas? El quería salir adelante. Ella quería salir adelante. ¿Eso es lo que sucede cuando sueñas?*

Araceli no durmió bien esa noche. Sueños con narcotraficantes llenaron su mente. Al siguiente día no podía relajarse caminando con sus hermanas hacia la escuela. Miraba a su alrededor por si veía cualquier cosa sospechosa. Mientras regresaba a casa, un joven salió de una calle del lado. Araceli se congeló. Quería darse la vuelta y correr, pero sus ojos se quedaron pegados a los de él.

"Está bien. Voy al sitio de construcción," dijo el joven señalando con su cuchara para el yeso. "Estamos construyendo una nueva tienda Coppell cerca de la escuela." El cargaba una mochila y tenía una mirada bondadosa. Parecía ser amable.

Araceli asintió con la cabeza y continuó caminando, pero mucho más rápido, buscando el refugio de su hogar. Pero cuando entró a su casa, Araceli se dio cuenta de que su casa tampoco era un lugar para relajarse. Sin darse cuenta que su mamá no estaría, Araceli entró a su casa y se encontró a solas con Gilberto. Su mamá se había ido a juntar chatarra, y Gilberto aprovechó la oportunidad para agarrar a Araceli. La forzó contra la frágil pared mientras la tocaba con sus manos. Araceli no era tan fuerte como él.

Ella intentaba alejarlo. "Por favor, Gilberto. Déjame ir," suplicaba.

"Tú crees que eres muy especial. Déjame mostrarte lo especial que eres," susurró.

Araceli estaba a punto de gritar cuando escuchó golpes en la puerta. "Maite, he traído los bolillos que querías."

Carmen, la señora de la pequeña tienda, estaba llamando a la mamá de Araceli. Araceli corrió a abrir la puerta.

"Mi mamá no está en casa, pero muchas gracias. Te pagará cuando esté en casa."

"¿Desde cuándo haces entregas a domicilio?" Gilberto dijo con voz de enojo.

Carmen lo miró fijamente mientras decía, "Araceli, podrías venir a ayudarme con una caja pesada?"

Araceli salió por la puerta antes de que Gilberto pudiera decir algo. Estaba muy agradecida con Carmen. *Gracias, Señor, Carmen debe ser uno de tus ángeles*, Araceli oraba silenciosamente.

Araceli trabajó en la tienda hasta que vio a Gilberto irse a tomar su cerveza de la tarde. Luego corrió a casa para hacer sus quehaceres antes de la hora de recoger a sus hermanas. Mientras caminaba hacia la escuela, le dolía el corazón y sus pensamientos revoloteaban en su mente. *¿No había escape, no había un camino diferente?*

La historia de Carmen

Los siguientes días fueron iguales, pero cada día tenía momentos buenos. El trabajador de la construcción con la mirada bondadosa siempre pasaba por el mismo lugar. Ella comenzó a anticiparse para verlo cada día. Era una tontería, pero rompía la monotonía de su aburrida vida. También se aseguró de nunca entrar a la casa sin antes comprobar si había señales de Gilberto. Carmen se convirtió en su vigilante y le pedía ayuda en la tienda por las mañanas cuando Gilberto se quedaba en casa. Araceli nunca quería estar a solas con él.

La tienda se llamaba "La Güera". Un día mientras Araceli barría, le preguntó a Carmen sobre el nombre de la tienda.

"Mi esposo me llama así porque le gusta el color claro de mi piel y como soy la cajera principal de la tienda, él puso mi apodo como nombre de la tienda." Le sonrió a Araceli. "Algún día tú también tendrás un buen esposo. No todos los hombres son como Gilberto."

El esposo de Carmen trabajaba en la construcción y construyó la casa y la tienda el mismo. Carmen y su esposo eran los padres de la pequeña Itzel. Ella estaba en el kínder y a menudo jugaba con Zenaida.

"Cómo conoció a su esposo?" Araceli preguntó.

"Es una historia complicada, Araceli."

"Cuéntemela. No me tengo que ir todavía."

"Cuando aún estaba en la secundaria," Carmen empezó a contar, "mis hermanas y yo caminábamos a casa de mi abuela después de la escuela. Al otro lado de la calle de su casa, estaban construyendo un nuevo S-Mart. A veces los trabajadores le pedían a mi abuela un vaso de agua. Un trabajador llegaba todos los días. El era muy guapo, pero yo solo tenía 14. Cuando él intentó hablarme, mi abuela lo corrió. Estaba en lo correcto, lo sé. Yo era muy joven. Así como tú, Araceli, yo no sabía en ese momento que un hombre no soluciona problemas ni trae felicidad. El solamente traerá otros problemas."

"Entonces, ¿qué sucedió?"

"Oh, Araceli. Te lo voy a contar, pero solamente porque así no harás lo mismo. ¡Yo era muy joven! Un día les pedí a mis hermanas que se adelantaran, diciéndoles que había olvidado algo en la escuela. De esa manera podría caminar sola al lugar de trabajo del joven obrero. ¡Me salió el plan! El me vio llegar, y pude hablar a solas con él. Hicimos planes para encontrarnos en el parque cuando él saliera del trabajo. Me apresuré para hacer mis quehaceres y tareas y me ofrecí a llevar a mis hermanas al parque. El me estaba ahí esperando. Nos sentamos y platicamos por horas. Estaba segura que lo que yo sentía era amor. ¿Pero qué sabía yo sobre un amor duradero? Tenía solo 14 años."

"Pero él te amaba, ¿cierto? ¿Te trató como a una princesa y construyó esta hermosa casa y la tienda?"

"No, eso no fue mi cuento de hadas y "felices para siempre". Mis hermanas guardaron mi secreto y nos encontramos de nuevo al día siguiente. Esta vez él quería llevarme al sitio de construcción para ver su trabajo. Sin experiencia de lo que puede pasar cuando se confía en alguien que no conocemos, yo no tenía la menor idea de lo que él sería capaz. Cuando entramos a la gran construcción, me empujó a una sala de suministros y me violó. Ten cuidado, Araceli. No todos los hombres son como él o Gilberto, pero muchos hombres así son. Asegúrate de no intercambiar unos problemas por otros."

"Pero doña Carmen, ¿qué sucedió?"

"Otro trabajador escuchó mis gritos. Había regresado porque había dejado algo en el lugar. El sería mi futuro esposo Luis. El me llevó con mi abuela, arriesgando todo por mi." Carmen hizo una pausa y miró a Araceli a los ojos. "Eso es lo que hace un amor verdadero. No tengas prisa," le dijo y abrazó a Araceli con fuerza.

Araceli pensaba en la historia de Carmen todos los días y constantemente se preguntaba cómo se habría sentido en su lugar. Había visto escenas de violación en las novelas que su mamá veía pero no entendía lo que realmente era hasta el día que Gilberto la había atrapado. ¿Cómo había Carmen superado todo eso? ¿Eso es lo que le había pasado a Rubí? ¿Por qué la mamá de Araceli no le había hablado de los peligros con los hombres? ¿Por qué la mamá de Rubí no la había protegido? Rubí era demasiado joven para tener un bebé. Araceli quería hablar con su mamá sobre Gilberto, pero tenía miedo de comenzar una conversación sobre el tema. Araceli esperaba ser una mejor madre, incluso ser como una madre como Carmen.

La escuela

La emoción se respiraba por toda la colonia. Se estaba construyendo una nueva fábrica cerca de ahí y necesitaría más de 500 trabajadores. Se estaban tomando solicitudes, pero se requería un diploma de secundaria. En un acuerdo entre las maquilas y el gobierno, emplearon a unos maestros para ofrecer clases de fin de semana para aquellos que solo terminaron la primaria. Araceli estaba colgando ropa cuando dos maestros se detuvieron en su casa.

"Estamos inscribiendo estudiantes para los cursos abiertos de fin de semana," un maestro le dijo. "¿Tu madre terminó la primaria?"

"No, No lo creo, pero yo sí."

"Cuántos años tienes?"

"Acabo de cumplir 15. ¿Podría yo ir?"

"Sí, necesitamos ver tu certificado de primaria."

Araceli ya muy emocionada entró a su casa a traer su certificado de primaria. Regresó orgullosamente con su diploma y completó el formulario de inscripción. El próximo sábado sería la primera clase, y sería gratis. Esta vez su mamá no la estorbaría.

Esa tarde mientras regresaba con sus hermanas de la escuela a casa, Araceli caminaba con la cabeza en alto. Estaba emocionada por la oportunidad de estudiar de nuevo. Incluso dejó que sus hermanas pasaran un rato en el parque mientras se sentaba en un columpio y soñaba en terminar la prepa y recibir su diploma. Estaba sumida en sus pensamientos cuando se dio cuenta de que alguien le decía algo.

"¿Está ocupado este columpio?" La voz pertenecía al muchacho del yeso. Ella meneó la cabeza de un lado al otro, y él se sentó. "Cuál es tu nombre?" preguntó.

"Araceli," ella respondió, no estaba segura si debía responder, pero al mismo tiempo quería hacerlo.

"Yo soy Lucas," contestó él y extendió su mano áspera para saludar a Araceli. "¿Vives por aquí?"

Araceli señaló en dirección a su casa. "Por ahí."

"¿Aún vas a la escuela?"

Araceli estaba orgullosa de responder esa pregunta. "Voy a comenzar las clases abiertas los sábados y así poder terminar la secundaria y después la prepa."

"¡Grandioso! Entonces puedes trabajar en la maquila."

"Si, ese es el plan, pero solo por un tiempo. Cuando ahorre suficiente dinero de ese trabajo, quiero estudiar la prepa y obtener un trabajo de oficina." Araceli de repente se sintió avergonzada de haber expresado sus sueños en voz alta a un extraño.

"Esos son grandes planes," Lucas dijo. "Espero que nada se interponga en tu camino."

"Gracias, y ¿Qué hay de ti?"

"Quiero tener mi propia compañía de construcción. Trabajo duro y veo a esos patrones ganando mucho dinero a base de mi esfuerzo. No podrían hacer la mitad de lo que hago en un día."

"Así que, ¿sabes cómo manejar un negocio? ¿Cómo empezarías?"

"No estoy seguro. Nadie en mi familia lo ha hecho. Nadie ha terminado la escuela, ni yo. No sabemos leer." Lucas bajo la mirada mientras lo decía.

"Pero debes ser un buen trabajador. Te veo a tiempo todos los días." Araceli se sintió avergonzada nuevamente cuando se dio cuenta de que le había dicho que lo había observado.

Lucas sonrió. "Siempre llego a tiempo al trabajo y me quedo hasta que termine mi trabajo. Sé cómo enyesar paredes y hacer pisos de baldosas. He realizado trabajos para varias casas particulares. Mis clientes siempre parecen quedar satisfechos."

"¿Tienes que medir y hacer operaciones matemáticas con eso?"

"Si, pero puedo hacer las mediciones en mi cabeza. Es fácil."

"¿Por qué nadie en tu familia puede leer?"

"No lo sé. Tal vez porque no fuimos a la escuela por suficiente tiempo. Nadie nos animó a hacerlo."

Araceli sabía que siempre alentaría a sus hijos a quedarse en la escuela. Estaba decidida a no seguir el ejemplo de su madre.

Hablaron fácilmente de sus vidas y sueños. El tiempo pasó muy rápido y Araceli se dio cuenta de que se había quedado mucho tiempo. "¡Zenaida, Saraí! Vámonos," les gritó.

"¿Estarás aquí mañana?"

Araceli asintió, y se llevó a las niñas de camino a su casa.

Araceli comenzaría la escuela el sábado siguiente. Su mamá no estaba muy contenta con eso, y Araceli seguía sin entender por qué si Araceli solo quería superarse.

El primer sábado, Araceli se levantó temprano e hizo todas sus tareas de la casa. Sus hermanas la habían ayudado a ahorrar un poco de dinero al recolectar chatarra para comprar un lápiz y una pequeña libreta. Se apartó el pelo de la cara y lo recogió en una cola de caballo. Araceli no aguantaba la emoción para volver a la escuela otra vez.

La clase de la mañana se pasó rápidamente. Matemáticas era su materia más difícil, pero ella parecía aprender más rápido que antes. Aún así, había algunos problemas que quería practicar nuevamente en casa. El profesor era un estudiante universitario que trabajaba para pagar su deuda escolar. Su nombre era Arturo, y explicaba cada paso en términos simples. En la clase había cerca de 12 estudiantes y la mayoría eran mujeres. Araceli estaba sorprendida de ver a varias mujeres en clase. Estaba contenta de saber que había otras que querían superarse y que tenían sueños más que ser una ama de casa. Al final de la clase, Arturo le dio a cada uno un folleto de problemas para terminar en casa. Muchos estudiantes se quejaron, pero Araceli no, ella estaba ansiosa por practicar más antes de que olvidara los pasos de cada problema. Al terminar la clase Arturo les animó y con saludo de mano despidió de cada estudiante.

"Espero que vengas el próximo sábado," Arturo le comentó a Araceli. "Eres una buena estudiante. Te veo con ganas de aprender."

"Gracias, aquí estaré."

Araceli saltó por la puerta como una niña de escuela. *Era una niña de escuela,* ella pensó. Pero ahora, nadie podía detenerla.

Lucas

Cuando Araceli salió por la puerta de la escuela, se sorprendió de ver a Lucas esperándola.

"¿Cómo sabías dónde estaba?"

"Tú me comentaste," le dijo sonriendo. "¿Quieres churros? y podemos caminar de nuevo al parque?"

Los dos caminaron juntos cómodamente, comiendo sus churros y platicando con facilidad. Caminaron hacia los mismos columpios en los que se habían sentado antes. Araceli estaba contenta de compartir su entusiasmo por la escuela. Ella le mostró su libro de práctica de matemáticas, y Lucas la sorprendió con respuestas a los problemas matemáticos sin palabras. Cuando ella le leyó en voz alta los problemas verbales, Lucas podría descifrar la respuesta antes de que ella pudiera escribir los números en una hoja.

"Podríamos formar un buen equipo," dijo Lucas con una sonrisa coqueta.

Araceli le regresó la sonrisa. Le encantaban sus ojos amables y la forma en que la animaba a estudiar.

"¿Cómo son tus padres?" Araceli tenía curiosidad de por qué los padres no querían que sus hijos estudiaran. Ella querría lo mejor para sus hijos y siempre alentaba a sus hermanas a estudiar y aprovechar la escuela.

"Mis padres son unos borrachos," Lucas dijo.

"Lo siento. Sé que el alcohol puede arruinar todo," dijo Araceli mientras pasaban por su mente detalles de su quinceañera.

Se sentía mal por Lucas y sentía la curiosidad de querer saber más. "¿Tus padres continúan juntos? ¿Trabajan?"

"Si, siguen unidos, y trabajan. Pero gastan todo lo que ganan en cervezas. Desafortunadamente, son la vida de cada fiesta."

"¿Siempre han sido así? ¿Incluso cuando tú eras pequeño?"

"Si, Yo siempre me quedaba en casa. No podía soportar verlos borrachos en cada casa y en cada fiesta. Cuando ya crecí, querían que me uniera con ellos a tomar. Siempre me escondía dentro de la casa hasta que finalmente se iban." Lucas bajó la cabeza y susurró, "No es mejor ahora. Me mudé de su casa, pero todavía vienen por mí, pidiéndome que vaya a fiestas con ellos." Lucas le había contado más a Araceli que a ninguna otra persona acerca de su familia.

Araceli pensó en su mamá. Ella también se la vivía de fiesta en fiesta, pero al menos nunca trató de obligar a Araceli que participara en las fiestas con bebidas alcohólicas. Araceli estaba consciente que la razón era porque su mamá necesitaba que alguien cuidara a sus hermanos. A Araceli no le molestaba quedarse en casa. Prefería estar en casa con ellos y no tener que soportar el olor de alcohol que le traía malos recuerdos de su quinceañera. "¿Y tú, tomas alcohol?" le preguntó.

Lucas vaciló. No sabía qué contestarle, pero sintió que debía decirle que no. Finalmente le dijo, "Algunas veces, después de un partido de fútbol, tú sabes, con los chicos del equipo, tomamos unas cervezas. Pero generalmente voy a casa antes de que se salgan de control con su borrachera. Parece que no saben parar después de unas chelas. Siempre toman demasiado. Además de ser el líder del equipo, soy uno de los pocos con un trabajo estable y ellos esperan que yo siga pagando sus bebidas. Después de cada juego y cada parranda necesito descansar para ir a trabajar al día siguiente. El trabajo es mi prioridad, y quiero estar en forma para seguir jugando futbol. Tanta cerveza no puede ser bueno para el cuerpo. Por casualidad, tengo un partido esta tarde en el parque. ¿Te gustaría ir a verlo?"

Araceli pensó en la invitación un momento y como siempre pensó en sus hermanas. "Primero tendré que ir a casa y probablemente traer a mis hermanas conmigo."

"Seguro. Siempre hay niños por allí jugando. No hay cuidado"

"Está bien, lo intentaré. ¿Cuál parque y a qué hora?"

"Ven al campo detrás del parque de los patos, alrededor de las 4:00 de la tarde. Somos Los Santos en color verde." Él le apretó la mano y se fue.

Araceli sentía que flotaba hacia su casa con un corazón que latía y latía, más feliz de lo que había estado en mucho tiempo. Pero a medida que se acercaba a su casa, su felicidad disminuyó y sus latidos disminuyeron porque le preocupaba la reacción de su mamá. *¿Debería decirle a dónde quería ir? ¿Podrían sus hermanas guardar el secreto?* Antes de llegar a casa, Araceli decidió pasar a ver a Carmen. Ella siempre tenía buenos consejos. Ella sabría cómo debería Araceli preguntarle a su mamá.

Carmen estaba en su tienda. Su hija Itzel estaba "ayudando" ese día. Estaba barriendo con una pequeña escoba y un recogedor de su tamaño, organizaba algunas latas en la parte baja de un estante, y tenía una cajita para guardar centavos y jugar a la "tiendita". Carmen le sonrió a Araceli.

"¿De camino a casa?"

Antes de que Araceli pudiera responder, Itzel dijo, "Nadie va a la escuela el sábado."

"Bueno, yo si," Araceli dijo, sonriéndole a Itzel. "Pero tú, estudia mucho y no tendrás que ir los sábados como yo."

Carmen le guiñó un ojo a Araceli dándole gracias. "Te ves muy contenta hoy. ¿Es por la escuela?"

"Si, y también algo más. Eso es lo que quería preguntarle," Araceli dijo con una sonrisa un poco avergonzada.

"¿Tiene algo que ver con ese chico del parque?" Carmen dijo sonriendo, pero sin mirar directamente a Araceli.

Araceli se sorprendió sin saber qué decir.

"No hay secretos en este pequeño barrio, recuerda eso. El chico parece agradable. Él ocasionalmente viene por un refresco y siempre es educado y amable. Mi esposo también lo conoce desde que trabajó en la construcción de nuestra tienda. ¿Qué tan bien lo conoces? ¿Sabes cuántos años tiene? ¿Cómo trata a las mujeres? Estoy segura de que ha tenido otras chicas antes que tú. ¿Las golpeó? ¿El maneja su dinero? ¿Qué es lo que espera de ti?"

Araceli no podía procesar todo a la vez. Ella solo movió la cabeza de un lado a otro al no tener respuestas, preguntándose si su mamá sabía las respuestas a alguna de esas preguntas antes de cada uno de sus nuevos esposos.

"Araceli, lo siento. No quiero desilusionarte. Quiero que seas feliz pero recuerda que un hombre puede traer problemas, eso podría evitar que alcances tus metas y sueños."

Sin responderle a Carmen, Araceli caminó a casa. Muy metida en sus pensamientos, pasó por donde se encontraba Rubí y notó su rostro maquillado y con zapatillas. Araceli sintió nuevamente tristeza por ella y se preguntaba, *¿Nadie se preocupaba por ella? ¿Y quién cuidaba al bebé de Rubí? ¿Es eso lo que Carmen quería decir, que los hombres solo traen más problemas? Pero seguramente Lucas era diferente. Ella necesitaba creer eso.*

Su mamá y Gilberto estaban sentados afuera de su casa. Por su experiencia, Araceli sabía que ya estaban en su segunda o tercera cerveza. Los sábados comenzaban a tomar temprano en su vecindario. Algunos otros grupos se estaban formando en los patios de varias casas y en el parque mientras los vecinos consumían cajas de cerveza. Algunas personas cocinaban afuera, y la música sonaba desde varias direcciones. Sus hermanas Zenaida, Saraí, y Adriana estaban a un par de casas jugando afuera con amigas mientras su hermano pequeño Junior jugaba con sus autos en la tierra con otro niño que Araceli no reconocía.

"Mamá, ¿puedo ir a ver los partidos de fútbol detrás del parque de los patos?" Araceli dijo sin mucho entusiasmo.

"Ella realmente piensa que está grande ahora, ¿no es así? Primero va a la escuela y ahora a los campos de fútbol para conseguirse un hombre," Gilberto dijo esto antes de que su mamá pudiera responder.

Araceli sabía que estaba tratando de burlarse de ella, para intimidarla, pero Araceli continuó mirando a su mamá.

"No puedes ir sola," Mamá respondió.

"Me llevaré a Zenaida y a Saraí conmigo."

"Y a Adriana y a Junior también," Mamá continuó.

Araceli sabía que tendría que llevarlos a todos sus hermanos si realmente quería ir.

"Gracias, Mamá." Ella le agradeció a su mamá con un abrazo rápido. Raramente su mamá le demostraba cariño a Araceli ni a sus hermanas, solo a Gilberto Junior.

Araceli se apresuró a alistarse lo mejor que pudo. Rápidamente llamó a sus hermanas a casa y las alistó también, asegurándose de que todos fueran al baño antes de irse. Ella sabía que los baños públicos estaban muy asquerosos.

De camino al parque, Araceli cargaba a Junior, y a sus hermanas las tomaba de las manos. Araceli sentía que ya era una mamá de tanto cuidar a sus hermanos. Pero ella quería hacer las cosas de manera muy diferente a su mamá. Ella sabía que no se la pasaría tomando cerveza toda la noche mientras sus hijos pasaban hambre durante la semana.

El corazón de Araceli latió un poco más rápido a medida que se acercaban al campo. Reconoció el color del equipo de Lucas y se sentó detrás de las camisetas verdes sobre unos montones de rocas que servían de gradas. Lucas estaba en el campo con su equipo ya que había empezado el partido. Parecía que Lucas nunca salió del campo para su descanso. También, Lucas parecía ser el que llamaba las jugadas y les decía a los demás jugadores cuándo sustituir. Los miembros del equipo respondían a sus llamados de decisiones dentro del equipo. Araceli no sabía mucho sobre fútbol. Todos jugaban futbol en la escuela y Araceli había aprendido los básicos del juego. Lucas era un líder natural y un gran jugador. Araceli se sintió orgullosa que Lucas tenía el respeto de su equipo.

Durante el medio tiempo, los jugadores salieron corriendo del campo para tomar agua. Araceli vio a Lucas buscarla en las gradas. Él no la saludó, pero sus ojos se conectaron por un instante. Lucas se acercó a su equipo para planear y discutir estrategias para el segundo tiempo.

Sin ningún aviso, Araceli sintió que alguien le tocaba la espalda.

"Hola, no distraigas a mi hermano. Él ya tiene suficientes responsabilidades," le dijo una mujer bastante joven. Tenía cinco hijos pequeños con ella, desde los seis años hasta un bebé en brazos.

Araceli no sabía cómo responderle a eso. Ella no pensaba que estaba distrayendo a Lucas.

"Él es el capitán del equipo y la estrella del juego. Él puede tener a cualquier mujer que quiera, y no con cuatro hijos como tú."

"Son mis hermanos," Araceli dijo.

"Oh, bueno, aún así, mantente alejada," dijo.

Araceli vio a la mujer unirse a otras mujeres y niños, suponiendo que eran familia de los otros jugadores. Las mujeres también estaban en sus cervezas de los sábados. *¿Cómo pueden permitirse tanta cerveza?* Araceli se preguntó. *No muy diferente de*

Mamá y Gilberto, supongo. A consecuencia de las cervezas muchos niños tenían que pasar hambre, pensó.

Cuando el juego estaba por terminar, Los Santos estaban ganando, tres goles a uno. Lucas había hecho dos de los tres goles. Las hermanas de Araceli jugaban con unos niños en el fondo del campo con un balón de fútbol. Junior estaba cavando en la tierra junto a ella. La hermana de Lucas y otras mujeres estaban animando y riendo, obviamente bajo la influencia de demasiadas cervezas. Comenzaron a bailar en círculo mientras vitoreaban. Una señora se movió al centro, bailando más provocativamente mientras las más jóvenes la incitaban.

"Vamos, amiga," dijo la señora mayor mientras señalaba a Araceli.

Araceli quería irse, se sentía avergonzada y fuera de lugar. Recogió a Junior y fue en busca de sus hermanas. Pero la mujer le seguía con propósito. Ella y el resto del grupo comenzaron a burlarse de Araceli, "¡Oye, cariño! Sé una mujer de verdad y toma una cerveza con nosotras. Ven a apoyar a tu hombre como lo hace una mujer de verdad."

Todos comenzaron a reír mientras la mujer mayor giraba. Lucas pateó el gol final cuando el juego terminó, y todas las mujeres corrieron al campo. Tomando a sus hermanos, Araceli corrió a casa tan rápido como ella pudo. No estaba tan segura, pero Araceli pensó que la mujer mayor era la mamá de Lucas. Él había descrito perfectamente su comportamiento de chica fiestera.

[[futbol.jpg]]

Decisiones

De regreso a casa, Araceli bañó a Junior y lo alistó para dormir, todavía pensando en los acontecimientos de la tarde. Ella no entendía a los adultos y el mundo de la bebida. Cuando Junior ya estaba dormido, Araceli decidió pasar a la tienda de Carmen con la esperanza de resolver sus sentimientos sobre el juego. Estaba de visita con Carmen cuando vio acercarse a Lucas.

"¿Puedes venir a caminar conmigo?" preguntó un poco tímido. "Necesito decirte algo."

"Solo alrededor de la cuadra porque no hay nadie en casa excepto mis hermanas para ver a Junior," Araceli dijo, sintiendo maripositas en el estómago.

Caminaron y hablaron cerca de la casa de Araceli. Lucas parecía poder platicarle a Araceli cualquier cosa. Comenzó a describir a sus padres y su ira con ellos.

"Mi hermana me dijo que te fuiste después del partido. Estoy seguro de que todas tuvieron algo que ver con eso. Lo siento," Lucas dijo, apretando la mano de Araceli. "Mi mamá me avergüenza, y no quisiera que un día mis hijos se llegaran a sentir así."

"Yo quiero que mis hijos se sientan amados," Araceli dijo, "y quiero que estudien."

Lucas sostenía su mano cuando estaban al otro lado de la cuadra. Cuando llegaron a la casa de Araceli, de repente soltó su mano. Araceli vio al mismo grupo de mujeres del campo de fútbol junto con los jugadores de fútbol, todos reunidos en el parque cercano.

"Eeh, Lucas! Ven y únete a nosotros," uno de sus compañeros de equipo lo llamó. "¿Te crees demasiado bueno para beber con tus compañeros?"

"No, ya he tenido suficiente," Lucas dijo.

En ese momento, su mamá salió de la multitud. "No dejes que esa pequeña chica te controle. Ven y bebe como un hombre."

Lucas se dio la vuelta, agarró la mano de Araceli, y comenzó a caminar en la otra dirección.

"Vamos, Lucas, muéstrale cómo se bebe. Muéstrale que eres un hombre de verdad," su mamá se burló de él.

"Vamos, salgamos de aquí," Lucas le dijo a Araceli. "Quiero mostrarte donde podemos vivir."

"Lucas, no puedo," dijo Araceli mientras se retiraba. "Necesito ver a Junior."

"Está bien, pero mañana, voy a buscarte. Podríamos ser un equipo y me gustaría que nos diéramos la oportunidad." La besó rápidamente y se fue.

Araceli estaba demasiado pasmada para reaccionar. ¿Podría ella simplemente dejar a su familia? ¿Estaba lista para comenzar su propia vida y familia? ¿Sabría cómo ser una esposa? ¿Cómo podría saber alguien las respuestas de esas preguntas?

Después de ver de que Junior todavía estaba dormido, Araceli llamó a sus hermanas de la casa del vecino. Las tres se alistaron para dormir y Araceli les leyó un cuento de su mochila. Cuando sus hermanas por fin se durmieron, Araceli sacó su Biblia que había recibido en su quinceañera, y como muchas veces, deseaba que Abuela estuviera con ella. Su tía había escrito algunas palabras amables dentro en la portada de la Biblia, pero nada parecía ayudarla con los siguientes pasos.

Abrió la Biblia por la mitad y comenzó a pasar las páginas. Se detuvo cuando vio algo subrayado. Leyó de Jeremías:

"Porque sé los planes que tengo para ti," declara el Señor, *"Planes para prosperar y no dañarte, planes para darte esperanza y un futuro."*

Araceli entonces vio en el margen la palabra *Abuelita. ¿Cómo se habría marcado ese versículo? ¿Quién habría escrito ese nombre cuando su abuela ya se había fallecido hace tantos años?* De alguna manera, su abuela le había enviado un mensaje. Dios estaba con ella, y Dios tenía un plan. Araceli encontraría un nuevo camino.

La mañana siguiente, Araceli acompañó a sus hermanas a la escuela como siempre, pero su cabeza estaba en las nubes. Araceli quería tomar la decisión correcta. Ella tenía solamente 15 años, pero estaba bastante segura de que su mamá solo tenía 13 años cuando se casó por primera vez. *¿Estaba lista su mamá? ¿Estaba lista ella misma?* Araceli esperó hasta que terminó sus quehaceres de la casa y su mamá estaba de buen humor. Respiró hondo y habló de sus planes.

"Mamá, me quiero ir a vivir con Lucas. ¿Me puedo ir?"

Maite miró a su hija como si la viera por primera vez. "Seguro, si es lo que tu quieres."

"Quiero tu aprobación," Araceli dijo, "y tu consejo."

"Adelante, de cualquier manera, siempre haces lo que quieres."

"Mamá, eso no es verdad. Siempre te he ayudado en casa. No fui a la secundaria para poder ayudarte a cuidar a Junior y a mis hermanas."

"Pues adelante, si crees que sabes lo que haces."

Araceli estaba triste porque esta charla no salió como ella esperaba.

"Está bien, Mamá. Quiero tener mi propio lugar, pero vendré a visitarte. Tú y mis hermanos siempre serán mi familia."

Más tarde, Lucas llegó por ella. Araceli empacó sus pocas cosas en dos bolsas de plástico de la S-Mart. Su mamá le dio una olla, pero con pocas ganas. Araceli abrazó a sus hermanos y se dirigió al próximo capítulo de su vida.

Una vida nueva

Lucas detuvo la lona para que Araceli entrara en el jacalito de tarimas. Había otra tarima en el piso de tierra con un colchón delgado y una cobija encima, un solo foco colgando del techo bajo, y una caja de cartón para sus pocas pertenencias. Había unos trastes en una olla y una taza azul y de cerámica rayada colgando de un clavo. Araceli colocó sus bolsas al lado de la caja y comparó su nueva casa con la de su niñez. Después de siete niños y cuatro esposos, su mamá no tenía mucho más. Araceli se sentía feliz y con esperanza. Sabía que ella y Lucas podrían lograr más juntos. Podrían salir adelante y tener un hogar para sus hijos, un hogar de que pudieron sentirse orgullosos.

De repente sintió las manos de Lucas en su cintura. La volteó hacia él, la besó, y la llevó a la cama.

Se mantuvieron calientes toda la noche en el pequeño jacal. Pero con la llegada de la mañana, también llegaron las realidades y las responsabilidades de una nueva vida. Araceli prendió un fuego en el círculo de piedras fuera de su nuevo hogar y calentó un poco de agua. Encontró una pequeña jarra de café instantáneo y otra de azúcar. Llenó la taza y la llevó a Lucas para compartir el café con él. Una vez que terminaron de tomar el café, Lucas se fue a trabajar, y Araceli se fue a juntar basura de metal. Aunque ahora era ama de casa, tenía que encontrar suficiente chatarra para proporcionar algo para el día.

Un señor llamado Omar compraba chatarra en la calle principal, la única calle pavimentada en esa parte de la ciudad. Tenía un gran pastor alemán en su techo de guardia. Araceli le vendió lo que había juntado esa mañana por algunos pesos.

"Hoy saliste temprano," le comentó Omar mientras le guiñaba un ojo.

"Hoy estoy casada y quería tener algo de comer para mi esposo esta noche."

"Este pedazo de alambre de cobre es un buen hallazgo. Es posible que puedas comprar algunas carnitas hoy."

Ella sonrió mientras aceptaba el pago. Omar la miró nuevamente.

"Te podría ir mejor vendiendo para mí."

"¿Vender qué?" Araceli preguntó con interés.

"El 16 de septiembre se acerca pronto. Tengo algunos lugares reservados para vender banderas mexicanas y vestidos y mantas en nuestros colores nacionales. Regresa la semana que entra, y si te interesa, instalaré tu puesto."

Araceli sabía que el día de la Independencia de México era importante. Recordó querer comprar un vestido hecho con los colores de su país. Casi todos sus compañeros de clase se vestían de rojo, verde y blanco para las celebraciones en la escuela.

Saltando como una colegiala, Araceli fue a la tienda de Carmen para comprar algo para que su esposo comiera. Carmen estaba barriendo el agua sucia del concreto en la entrada de su tienda. El barril de escobas multicolores estaba afuera junto a una pila de cubos y una exhibición de limpiadores de piso y cloro. Araceli agarró un trapo y limpió el polvo del mostrador y los estantes interiores. Con tanto viento en el desierto, luchar contra el polvo era una batalla constante.

"Gracias, Araceli, eres una buena ayudante. ¿Qué estás haciendo hoy?" Carmen le sonrió a su joven amiga.

"Vine a comprar algo para cocinarle a mi esposo esta noche." Araceli experimentaba con la palabra *esposo* una vez más.

Carmen alzó sus cejas. "Así que, ¿dejaste la casa de tu mamá?"

"Si, ayer."

"Bueno, entonces, tengo unos pequeños paquetes de carne de cerdo para hacer carnitas."

"Si, a Lucas le gustaría eso. ¿Tiene cilantro?"

"El señor de las verduras debe llegar pronto. ¿Cómo es que tienes dinero?"

"Encontré algo de metal esta mañana. Pero Omar también dijo que podía prepararme para trabajar para él vendiendo su mercancía en una de sus esquinas. ¿Qué piensas?"

"¿Qué piensa tu *esposo*?" Carmen dijo la palabra con fuerza.

"Todavía no he podido hablar con él. ¿Crees que será un problema?" Araceli estaba sorprendida.

"La mayoría de los hombres no quieren que sus esposas trabajen."

"¿Por qué?"

"Piensan que los hace menos hombres."

"Lucas nunca ha dicho algo así."

"Solo has sido su esposa desde ayer. Esperemos que él sea diferente y te apoye en tus decisiones, pero también quedas advertida."

"¿Advertida de qué?"

"Bueno, trabajando para otro hombre y estar en una esquina de la calle mientras Lucas está en el trabajo sin poderte vigilar. Esas son cosas que se vuelven locos a algunos esposos."

"¿Quieres decir celosos?"

"Eso y algo más. Es como si lo estuvieras desafiando. Solo ve despacio. Ten cuidado."

Araceli habló con Carmen hasta que llegó el señor de las verduras. Ella consiguió lo que necesitaba, pagó, y regresó al jacalito para cocinar su primera comida como esposa. Estaba emocionada y orgullosa. Ella se preocupó por lo que dijo Carmen, pero estaba segura de que Lucas no era así.

Cuando Lucas llegó a casa esa noche, Araceli tenía las carnitas listas con tortillas calientes. Estaba muy orgullosa. Lucas, sin embargo, primero tenía otro plan y la metió en su jacal. Más tarde, comieron y él parecía feliz. Araceli se sentía contenta con su nueva vida. Una olla de agua se calentaba sobre el fuego para lavar los pocos platos que había encontrado. Mientras recogía sus platos, Araceli preguntó a Lucas sobre su día de trabajo.

"Estuvo bien. Voy a salir con mis amigos por un rato." La abrazó por detrás y se fue.

Araceli nunca se había sentido tan sola. Había dejado a su familia numerosa para formar una nueva con Lucas, y ahora estaba sola. ¿Así era la vida de casada? ¿Solo sexo y cocinar? Lavó los pocos platos mientras las lágrimas se mezclaban con el agua.

Sin saber qué más hacer, Araceli volvió a entrar en su jacal y sacó su libro de matemáticas. Bajo la luz de la linterna trabajó en algunos problemas, pero su corazón no estaba en eso. Ella lloró hasta quedarse dormida.

Alrededor de la medianoche Lucas regresó, oliendo a cerveza. Araceli tenía tanto frío que lo recibió en la cama. A la mañana siguiente, ella obedientemente hizo una fogata para café y tortillas. Luego pensó en la mejor manera de hablar con Lucas sobre trabajar para Omar.

"Ayer encontré algo de alambre de cobre y obtuve un buen precio de Omar," dijo.

"¿Qué idiota tiraría cobre?"

"Omar también estaba sorprendido, pero también me dijo que si yo quisiera, yo podría trabajar para él. Dijo que podría comenzar a vender en una de sus esquinas durante la semana de la independencia." Araceli trató de evaluar su reacción.

"¿Qué hay de la escuela?"

Araceli fue tomada por sorpresa. "No había pensado en eso. Siempre podría volver después de que tengamos suficiente para una casa."

"Pensé que terminar la secundaria era importante para ti."

"Lo es, pero yo también quiero ayudar."

"Está bien."

"¿Está bien?,¿No te molesta?"

"No, podemos construir algo mejor si ambos estamos trabajando. Pensé que querías terminar la escuela primero."

Araceli ahora estaba confundida. Quería terminar la escuela, pero este trabajo sería mucho más de lo que podría ganar con la chatarra. "Solo será por un rato, y luego volveré." Araceli vaciló antes de decir más. "Sin embargo, hay otra cosa. No podemos avanzar si gastas más en cerveza. Pensé que no querías una parte de eso."

Lucas no respondió.

"Lo siento," Araceli dijo. "Solo pensé que queríamos algo diferente." Araceli observó el rostro inexpresivo de Lucas. *¿Había dicho demasiado?*

"Tengo que irme," el dijo.

Araceli una vez más se quedó sola con sus pensamientos.

Lucas

Lucas caminó al trabajo sumido en sus pensamientos y eno-jado. El quería algo diferente a la vida de sus padres, pero la cerveza lo relajaba. Él era el hombre de su casa ahora. El tra-bajaba duro para su patrón y para él mismo para proveer. En-tendía el punto de Araceli, pero al mismo tiempo se sentía que se merecía una cerveza cuando la quería. El pisaba fuerte a lo largo de la calle tratando de justificar su noche con los mucha-chos. Al pasar por el campo de fútbol, pareció oír la voz de su madre que le gritaba., "Ven a tomar. Sé un hombre." *¿Eso es lo que hace un hombre?* pensó. *¿Quería ser un hombre como su propio padre? ¿Él y Araceli también serían la vida de todas las fiestas? ¿Por qué pensaba que tenía que beber con los chicos? Si él fuera honesto con el mismo, de cualquier modo, le gustaba más una coca que una cerveza.*

Cuando Lucas llegó a su lugar de trabajo, cambió su enfoque al trabajo en cuestión de minutos. Nunca antes había pensado en su manera de beber. Araceli era la causa, pero necesitaba ocuparse esparciendo yeso antes de que la mezcla se secara en el viento del desierto. Agarró su paleta y sacó un poco de mezcla sobre la paleta casera. Como el experto que era, comenzó a cubrir las ásperas paredes de bloques hábilmente, dejando un diseño curvo al final de cada deslizamiento. A Lucas le gustaba su trabajo. Era un buen artista y un buen artesano. Por el momento, Lucas tenía trabajo. Pensaría en Araceli y su vida personal más tarde.

El nuevo trabajo

Araceli se sentía sola nuevamente. Ella decidió ir adonde Omar para averiguar los detalles del trabajo y luego hablar con Carmen. Ella siempre tenía buenos consejos, pero esta vez se había equivocado acerca de la reacción con Lucas.

Omar estaba separando la chatarra cuando llegó Araceli. "Buenos días, hermosa," Omar dijo. "Vienes a trabajar para mi?"

"Quería saber más al respecto. ¿Tendría yo que trabajar los sábados?"

"Por supuesto, los sábados son los días más ocupados," contestó Omar sin pensarlo dos veces.

Araceli dudó un segundo, pero finalmente dijo, "Está bien, ¿cuándo puedo empezar?"

Araceli caminó hacia la tienda de Carmen. Estaba muy confundida. *¿Cómo aprendería una niña a ser una esposa? ¿Podría trabajar y ser esposa? ¿Estudiar y ser esposa? ¿Trabajar y estudiar y ser esposa?*

"Buenos días," Carmen saludó. "¿Cómo te va? ¿Hablaste con Lucas?"

"Si, me preguntó cómo seguiría estudiando."

"Esa es una buena pregunta."

"Le dije que siempre podría volver a estudiar después de la temporada, que solo quiero ayudar un poco con los gastos por el momento."

"Si, pero si vendes mucho, Omar probablemente te querrá para la próxima temporada, para todas las fiestas como el día de la revolución, para el día de la Virgen, para Navidad. Las ventas nunca se detienen. Tendrás que decidir cuánto es suficiente."

"¿Cómo podré saberlo?"

"Esa es otra buena pregunta para ti. ¿Cuáles son tus metas? ¿Cuáles son las metas de Lucas y cuales son sus metas como pareja?"

Como nunca antes había pensado en un futuro así, Araceli luchaba para ordenar sus pensamientos. Sabía que quería un buen hogar para sus hijos, pero ella no sabía cuánto esfuerzo y sacrificio tomaría. Ella solo sabía el precio de las tortillas cada día. Necesitarían saber mucho más que el precio de las tortillas. En ese momento decidió que la mejor opción era trabajar. La escuela tendría que esperar. Se regresó a la tienda de Omar una vez más a confirmar el trabajo.

Omar estaba contento de ver a Araceli. Ella sería una gran atracción en el quiosco en su esquina principal.

"¿Cuándo puedes empezar?" dijo Omar.

"Estoy lista para comenzar cualquier día."

"Está bien, ven el viernes a las 5:00 AM. Te llevaré al quiosco y te instalaré ahí. Trae tu comida y algo de beber. No tendrás tiempo para un descanso. Vendré para recogerte y llevarte a casa alrededor de las 9:00 p.m."

"Gracias." Araceli estaba tan emocionada que no pensó en preguntar sobre el pago. Se fue a casa para preparar una comida para su esposo. Esperaba que Lucas se sentara y se quedara un rato en lugar de salir corriendo con su equipo de fútbol. Ella quería que él escuchara sobre el trabajo y se sintiera orgullosa de ella.

La violencia llega a casa

Esa noche Lucas se quedó en casa. Ella no mencionó la cerveza, y él no se fue con sus amigos. Era una noche cálida para sentarse afuera y mirar las luces de la ciudad incluyendo las luces de El Paso "en el otro lado." Su vecindario estaba lejos del centro de la ciudad. Ciudad Juárez era una hermosa ciudad, pero últimamente parecía haber más violencia. A pesar de que había más federales en la ciudad que antes, de alguna manera la policía federal parecía ser el problema.

"Me preocupa que vas a estar afuera vendiendo en la esquina," Lucas dijo. "Siempre hemos tenido problemas con las drogas, pero ahora es difícil saber en quién confiar. Ten cuidado y está alerta de tu alrededor."

Araceli asintió cuando vio a un hombre mayor caminar por su calle por segunda vez. Miró a Lucas que también se dio cuenta. "Mira, de eso estoy hablando. Nunca puedes tener demasiado cuidado."

El hombre volteó y preguntó desde la calle, "¿Me regalan agua para tomar?"

Araceli se movió para darle el agua, pero Lucas la detuvo. "No tenemos agua filtrada. Ve a preguntar calle abajo."

Pero para su sorpresa, el hombre no se fue y medio sacó de su chaqueta una pistola. "Vengan conmigo," dijo.

"Vete, viejo. No tenemos nada que quieras," Lucas dijo.

El hombre sacó su arma completamente y se acercó, apuntándole a Araceli. Ella dio un paso vacilante hacia adelante, no estaba segura qué hacer, pero Lucas la agarró del brazo.

"¡Vete, viejo! ¡No tenemos dinero!" Lucas gritó.

El hombre ignoró el grito de Lucas y le apuntó con la pistola. "Camina delante de mi, y no hagas ningún movimiento. Baja por ese callejón al lote de matorrales hasta al final. No intentes ser un héroe, cabrón."

Araceli estaba aterrorizada. Nunca había visto un arma antes, excepto las guardias del banco. Ella apenas podía respirar, pues nadie nunca le había apuntado. Sintió a Lucas abrazándola mientras ambos caminaban lentamente por delante. Cuando llegaron al campo oscuro, el hombre les señaló por un estrecho, camino desgastado. Llegaron a una choza escondida detrás de los matorrales. A medida que sus ojos se ajustaban lentamente a la completa oscuridad interior, vieron una sola silla y un colchón sucio en el piso. El hombre los empujó bruscamente y le entregó una cuerda a Araceli.

"Ata a tu hombre a esa silla, bien apretado"

Araceli obedeció, su corazón latía con fuerza. "Lo siento, Lucas."

"Está bien. Solo haz lo que dice."

"Deja de hablar y ven aquí," le dijo a Araceli. "Quítate la ropa."

"¡No!" Araceli jadeó. Pero el hombre la agarró y la arrojó sobre el sucio colchón, rompiéndole la blusa y quitándole los pantalones.

Araceli peleó con él. Recordaba la sensación de las manos de su padrastro, y una ira hirvió en ella. "¡Aléjate de mí!" ella gritó y luego mordió la muñeca que sostenía el arma.

El hombre estaba sorprendido por el giro de los acontecimientos y no pudo reaccionar lo suficientemente rápido para agarrarla. La pistola cayó al piso de tierra, y Araceli salió corriendo del jacalito gritando lo más fuerte posible. El hombre corría detrás de ella, pero no lo suficientemente rápido. Un auto bajaba por la carretera y pisó los frenos cuando Araceli, semidesnuda, apareció a la vista. La puerta trasera del auto se abrió, y una mujer jaló a Araceli adentro, cubriéndola con un suéter.

"¿Qué pasó, mi'ja? ¿De dónde vienes?"

Araceli jadeó varias veces antes de finalmente poder dirigirlos al jacal.

"Mi marido está atado ahí adentro."

El conductor abrió la puerta del jacal con cautela y habló, "¿Hay alguien ahí?"

Lucas respondió, "El hombre armado se ha ido. Vengan, por favor."

El señor que conducía el auto desató a Lucas de la silla, lo guió fuera del jacal, y lo ayudó a subir al auto. Araceli y Lucas se abrazaron fuertemente. El conductor los llevó a ambos a su casa.

"¿No quieren ir primero a la estación de policía?" les preguntó.

"No, gracias," Lucas dijo. "Solo queremos quedarnos solos. No queremos causar más problemas. Gracias por salvarnos."

Araceli y Lucas durmieron abrazados toda la noche. ¿Era esta violencia el futuro de sus hijos? La vida puede cambiar tan rápido. Escucharon disparos durante la noche, pero nadie más los molestó, al menos por el resto de esa noche.

Lucas, a la mañana siguiente

A la mañana siguiente, Lucas se fue temprano a trabajar pensando en los eventos de la noche anterior. Había pensado que iban a morir, que iba a ver a su esposa violada y asesinada mientras él miraba impotente. No dejaba de pensar en cómo Araceli se había escapado. Su esposa tenía una fuerza a tener en cuenta. Sonrió a pesar del terror. Pensó en sus pláticas de ser un buen equipo. Quería tener algo mejor que sus padres. Sus padres también eran un equipo, un equipo de borrachos. No podía dejar que eso pasara. Quería trabajar duro para poder tener más que varias cervezas los sábados por la noche.

Lucas rápidamente agarró sus herramientas de yeso y formar un poco de la mezcla para el trabajo personalizado que quería terminar. Colocó un andamio y llevó un pesado cubo al nivel superior. Hábilmente, trabajó con la cuchara más pequeña para formar el diseño que el propietario de la casa quería.

Lucas no estaba acostumbrado a que los pensamientos personales interrumpieran su trabajo. Los apartó a un lado y se concentró en el trabajo que tenía entre manos. Trabajó hasta el anochecer, parando solo unos minutos para comer los burritos que Araceli le había preparado. Después del trabajo arduo, caminó a casa, su paso acelerando al darse cuenta de que su esposa estaba sola en casa en la noche oscura. Necesitaba estar ahí para protegerla, pues eran un equipo.

Araceli, a la mañana siguiente

Después de que Lucas se fue a trabajar, Araceli llevó a sus hermanas caminando a la escuela. Las extrañaba. Inesperadamente, ella les dio un abrazo antes de dejarlas. Sorpresivamente, ellas le regresaron el abrazo. "Estudien mucho y pongan atención," les dijo y se despidió. *¿Era todo siempre tan impredecible?*

Araceli se detuvo en la tienda de Carmen nuevamente. Carmen estaba desempacando y organizando nuevas bolsas de papas fritas y churros. Cada una tenía una bolsita de salsa Valentina. Araceli sabía que esas botanas venderían rápidamente. Todos los niños de la escuela las compraban.

"Doña Carmen, tuvimos un gran susto anoche," Araceli dijo.

"¿Qué sucedió?"

"Un hombre con una pistola nos llevó a Lucas y a mí a una choza en ese campo al final de la colonia. Me hizo atar a Lucas y comenzó a arrancarme la ropa."

"Oh, mi'ja," Dijo Carmen mientras abrazaba fuerte a Araceli. "Lo siento mucho. ¿Cómo se escaparon?"

Araceli sonrió. "Lo mordí," dijo y comenzó a reír. Y luego la risa se convirtió en llanto mientras le contaba sus temores a Carmen. "Estaba muy asustada. Pensé que nos iba a matar a los dos. ¿Por qué nos eligió a nosotros? ¿Qué hicimos?"

"Mi'ja, tu no hiciste nada. Este mundo está lleno de maldad. No podemos estar preparados o protegidos de todo.

Pero, no podemos dejar que el mal nos paralice. Dios está con nosotros."

"Pero y si..."

"No podemos vivir de lo que pasaría si...," Carmen interrumpió. "Tenemos que estar alertas y conscientes y orar que Dios nos proteja. Dios tiene un plan especial para ti y para cada uno de nosotros. Sigue el camino que Dios te propone."

"Gracias, Carmen. Quiero ir a ver a mi mamá. ¿Ya viste a Gilberto irse?"

"Sí, él ya se ha ido."

Araceli encontró a su mamá sentada afuera visitando a una vecina, poniéndose al día con los chismes del vecindario.

"Los federales son el problema. Deberían dejar solos a los narcos," dijo la vecina llamada Isabel. "No escuchábamos tantos disparos antes de que los federales llegaran."

"El hijo de mi primo estaba sentado en un banco esperando el autobús. Pasó un automóvil y le disparó a él y a dos de sus amigos. No habían hecho nada. Estaban ocupándose de sus propios asuntos," Maite dijo.

"Mamá," Araceli interrumpió, "te das cuenta que sus asuntos son las drogas, eran las drogas. El ni sus amigos no eran inocentes."

"Oh, así que ahora eres una autoridad en la guerra contra las drogas. Él solamente tenía 17 años. Era demasiado joven para involucrarse en esas cosas," Maite desafió a Araceli frente a la vecina.

"Mamá, no vine a pelear. Estoy triste porque lo mataron, pero estaba jugando con fuego, un fuego en que a veces los inocentes se queman."

Maite miró a su hija con disgusto. "¿Cuándo te hiciste tan altanera y poderosa?"

"No soy altanera ni poderosa, Mamá. Estoy pensando en el día en que Saraí, Zenaida y yo podríamos haber estado en el fuego cruzado cuando estábamos en el parque, y anoche, cuando Lucas y yo estábamos sentados afuera de nuestra casa, como tú te encuentra ahora aquí."

"Entonces, ¿qué les pasó a ti y a Lucas que fue tan malo?"

"¿Podemos entrar y hablar?" Araceli no le quería contar su historia a todo el vecindario. Aunque, de repente se dio cuenta de que decirle solo a su mamá sería lo mismo.

"No importa, Mamá. ¿Tienes algunos platos más que podría llevar conmigo?"

"No, haz lo que hice yo, ve a buscar en el basurero."

Araceli se alejó hacia el basurero, dándose cuenta de que recibió más compasión de la dueña de la tienda que de su propia mamá. Estaba determinada a ser una mejor mamá. Ella hablaría con sus hijos, compartiría, se sacrificaría, y los ayudaría a salir adelante. Entonces, de repente, recordó estar más alerta a su entorno, y su corazón latía más fuerte. El basurero o la esquina de la calle, el parque o su propio patio delantero, todos eran lugares peligrosos. *¿No había un lugar seguro?*

Decisiones

Araceli pudo ir a dos clases más los sábados antes de que comenzara su nuevo trabajo. Ella estaba mejorando en los problemas matemáticos. Arturo, el maestro, la detuvo después de clase.

"Debes estar casi lista para tomar el examen de secundaria. La próxima fecha es el 15 de octubre. Necesitas registrarte en la oficina el lunes. Recuerda de traer los papeles necesarios para la registración del examen."

"No podré asistir a más clases," Araceli dijo. "Empezaré un nuevo trabajo esta semana." No se había dado cuenta de lo mucho que la entristecía hasta que le dijo a Arturo.

"Oh, ¿no puedes esperar hasta que termines este curso? Estás muy cerca de lograrlo, y podrías obtener un mejor trabajo con este diploma."

"No puedo, es un buen trabajo. Volveré cuando termine la temporada."

"Bueno, he escuchado eso antes, y no lo he visto suceder. La vida te lleva por su camino. Tú eres una buena estudiante, Araceli. Me gustaría que te dieras la oportunidad de terminar."

Araceli caminó despacio a casa, pensando en los comentarios de Arturo. Ella quería seguir estudiando, pero necesitaban más dinero del que ella ganaba vendiendo chatarra. Estaba segura de que estaba tomando la decisión correcta a pesar de que la entristecía.

Cuando llegó a casa, Lucas llevaba puesto su uniforme de fútbol, listo para su juego. Araceli no sintió la emoción de ir a verlo como la primera vez que él se lo pidió.

"¿Tu familia estará ahí?" preguntó.

"Probablemente."

"Podría ir a visitar a mi familia."

Lucas se fue sin besarla para despedirse. Araceli caminó a la casa de su mamá. El matrimonio no parecía ser lo que ella esperaba

Después del juego, Lucas rechazó las ofertas para ir a beber con el equipo. Estaba decepcionado de no ver a Araceli allí a pesar de que ella había dicho que no vendría. Siguió a su equipo calle abajo mientras continuaban celebrando su victoria y llamándolo para que se uniera a ellos. "Vamos, Lucas, tu mujer ni siquiera está aquí," dijeron.

En ese momento todos notaron a la chica Rubí cruzando la calle.

"Deberías haber conseguido una joven así," alguien del equipo dijo.

"Sí, podrías ser el jefe de esa," alguien más gritó.

Los otros le gritaron piropos, "mamacita" y "chulita mía."

Lucas vio la cara de Rubí, un zombi, fría como hielo, y al mismo tiempo, su joven sobrina volteó para mirar hacia atrás. Eran casi de la misma edad, su sobrina y Rubí. *¿Qué edad tendrían, 13, 14?* Lucas pensó para sí mismo. *¿Este era el futuro de su sobrina también? ¿Era el de Araceli? ¿Iba él a seguir el mismo camino de su familia de beber y divertirse?* El quería una vida mejor, pero no sabía exactamente qué. Araceli le había preguntado muchas veces por qué la bebida tenía que arruinarlo todo. Lucas no sabía cómo ser una persona de bien, un buen esposo, pero sabía que el alcohol era una pieza del rompecabezas, una pieza que no quería. De repente se dio cuenta de que quería estar en casa, en *su* hogar, con *su* esposa.

Lucas se despidió de sus amigos y familiares y corrió por otro camino hacia su pequeño jacal. *Un jacalito con amor es mejor que una casa con borrachos.*

Más violencia

La violencia en Juárez continuaba aumentando. Las tiendas comenzaron a cerrar más temprano. Menos gente salía a la calle por la noche. Los trabajos empezaron a escasear, y cuando se terminó el trabajo de Lucas, no había más trabajo. Buscaban chatarra todos los días, y vivían principalmente de huevos y tortillas.

Araceli trabajó la temporada vendiendo en la esquina. Vendió muchas banderas y vestidos, pero su ganancia del día había sido muy poca. El aumento de federales en el área mantuvo a las personas en casa, pero no redujo la violencia. Un día mientras ella trabajaba, se produjo un tiroteo en la siguiente esquina. Araceli escuchó los disparos y se refugió detrás de un automóvil rezando por protección. Ella quería irse a casa, pero no podía dejar su puesto desatendido y no podía llevarlo todo ella sola. Finalmente, a las 9:00 PM, Omar llegó.

"No puedo trabajar más aquí," dijo, su voz temblaba.

"¿Qué quieres decir? Te contraté por toda la temporada." Omar estaba furioso.

"Es muy peligroso. Nadie sale a comprar cuando hay balas volando."

"Dame tu bolsa de dinero."

Araceli le entregó la bolsa y extendió su mano por su paga diaria.

"No vendiste nada, y no quieres trabajar. ¡Vete!"

Araceli salió y caminó hacia su casa llorando. Llegaría a casa sin dinero y sin comida. Lucas estaría hambriento, y ni siquiera había dinero para comprar tortillas. Retiró la puerta de lona de su jacal y olió el chorizo. Ella le sonrió entre lágrimas a Lucas.

"Tuve un trabajo hoy," Lucas dijo. "Compré un burrito para cada quien, pero ¿por qué lloras?"

Araceli intentaba detenerse. Estaba muy cansada y hambrienta. ¿La vida nunca será más fácil? Se estremeció mientras intentaba explicar lo que sucedió en el trabajo.

"Las balas hoy estuvieron demasiado cerca. Le dije a Omar que no volvería. Ni siquiera me pagó por el día de hoy."

Araceli lloró cuando Lucas se acercó y la consoló, y le ofreció un poco de café. "Vamos a estar bien. No te preocupes," el dijo, con más confianza de la que sentía.

Un invierno largo

Todo ese frío invierno Lucas y Araceli buscaron chatarra, algunos días mendigando puerta a puerta por comida o chatarra en los mejores vecindarios. Por lo general, alguien les daba algo, pero a veces los guardias los corrían. Aún así, lograron sobrevivir. En una dieta extrema, ambos perdieron peso, pero Araceli se dio cuenta de que probablemente estaba embarazada. Ella le dijo a Lucas quien estaba lleno de alegría y orgullo. Estaba emocionado, pero Araceli estaba asustada por el futuro del pequeño.

Una mañana de febrero, Lucas y Araceli decidieron ir temprano a la clínica pública para un examen prenatal. Llegaron a las cinco a esperar en la fila para un turno de cita. A las ocho en punto la ventanilla se abrió, y la línea comenzó a avanzar lentamente. A las nueve en punto, recibieron el último turno dado para ese día. Encontraron un lugar detrás de una pared corta que bloqueaba el viento y comenzaron la larga espera. Araceli reconoció a Rubí en la línea con un niño pequeño y embarazada nuevamente. Se preguntó dónde estaba la madre de Rubí, o su esposo. Le sonrió a Rubí y se acercó para platicar.

"Soy Araceli. ¿Me recuerdas de la escuela? ¿Cuándo nace tu bebé?"

"No lo sé, tal vez otro mes.

"¿Estás sola?"

"Estoy bien," dijo Rubí y se dio la vuelta para alejarse.

"Es difícil," Araceli intentó de nuevo, pero Rubí no quería nada de ella y siguió caminando.

Alrededor de las tres en punto, una enfermera nombró a Araceli. Se tomó muestra de sangre, se aplicó una vacuna contra el tétanos, y una hoja de instrucciones para el día del parto le fue arrojada a la cara. No había tiempo para felicitaciones o preguntas. ¡Siguiente!

Araceli y Lucas regresaron por el largo camino a casa. No habían comido desde temprano esa mañana. El basurero más grande en esa parte de la ciudad estaba cerca. Se desviaron a través de él con la esperanza de encontrar algo de valor para poder comprar un burrito. Al escarbar en lo que parecía ser un montón de basura nueva, el tiempo parecía ser cada vez más frío y estaba anocheciendo. Al agarrar un zapato, Araceli gritó y se tiró para atrás. "¡Lucas!¡Es una mujer!"

Lucas llegó corriendo e inmediatamente vio que la mujer estaba muerta. Apartó a Araceli.

"Tenemos que irnos. Vamos," dijo.

"No, necesitamos decirle a alguien. ¿Qué pasa si su familia la está buscando?"

"No, vámonos. Podríamos estar en peligro en este momento por la persona que hizo esto."

Araceli insistía, y Lucas accedió ir a la estación de policía cerca de su casa para reportar el hallazgo. Apresuraron sus pasos, en parte por el frío y en parte por el miedo. Cada día parecía traer más reportes de violencia, muerte, y desapariciones. Era difícil saber en quien confiar.

Tentación

En marzo, Lucas consiguió trabajo en una tortillería llenando la vieja máquina prensa con pesados cubos de masa que se aplanaban en tortillas para cocinarlas sobre una llama y llevarlas por una cinta transportadora hasta el final de la línea. Llevando la masa era como cargar cubos de yeso, pero no había creatividad para el trabajo. Día tras día, Lucas echaba la masa, contaba y empacaba las tortillas calientes para la venta. Era aburrido, pero era un ingreso estable con tortillas gratis.

Araceli ocasionalmente encontraba trabajo y continuaba buscando chatarra mientras su barriga crecía. Regresó para una revisión en la clínica. Ella realmente no entendía por qué, no le daban mejor atención que en la línea de las tortillas.

Durante su cita, Araceli se encontró con Rubí. Ella llevaba a un recién nacido en brazos y a su otro hijo pequeño de la mano.

"¿Es niño o niña?" Araceli preguntó, intentando ver al bebé.

"Una niña," Rubí respondió, no haciendo contacto visual.

"¿Sigues viviendo al lado de la iglesia con tu mamá?"

"No," Rubí dijo, sin darle más información.

"El matrimonio es más difícil de lo que pensaba," Araceli dijo. "A veces puede ser solitario."

"Sí, me tengo que ir."

Rubí no parecía querer platicar con nadie.

Cuando Araceli regresaba de la clínica para ir a su casa, se topó con la hermana de Lucas, Alicia. No tenía el carácter tan fuerte como los demás en su familia y parecía que le agradaba Araceli.

"¿Cómo has estado, Araceli?" preguntó notando su barriga.

"Estamos bien, solo cansados."

"No sabía que estabas esperando bebé. ¿Cuándo te alivias?"

"Hasta julio. ¿Lucas no te lo comentó?"

"No, sabes que no habla mucho, especialmente con su propia familia. ¿Lucas está trabajando?"

"Si, él está trabajando en una tortillería. No le pagan mucho, pero es un sueldo constante y tortillas no nos faltan."

"Debería ir a trabajar con mi Adán. Está trabajando al otro lado de la frontera, y me está mandando lo suficiente. Tengo lo suficiente para pagarles a los constructores la próxima semana cuando construyamos nuestra casa."

"¿Qué hace Adán allá?"

"Oh, él dice que es mejor para mí no saber. Queremos ahorrar dinero, pero primero vamos a construir nuestra casa." Alicia se rió.

"¿No tienes miedo de estar sola?"

"No, mi mamá está cerca y ella también está disfrutando de los beneficios. Dile a Lucas acerca del trabajo. Todavía sigues viviendo en un jacalito, ¿verdad?"

Araceli asintió. "Gracias, le diré, pero no creo que quiera arriesgarse a cruzar el río para trabajar."

Araceli caminó con la cabeza baja hacia su jacal, pero decidió cambiar de dirección y fue a ver a Carmen.

"Buenas tardes, Araceli," Carmen la saludó con un abrazo. Había pasado un tiempo desde que Araceli se había empezado su aventura de irse a vivir con Lucas.

"¿Cómo ha estado, Carmen? La he extrañado."

"El negocio va muy despacio. Mi esposo está pensando de ir al otro lado para buscar trabajo."

"Eso es lo que quería preguntarte. Acabo de ver a la hermana de Lucas. Ella dijo que su esposo está haciendo mucho dinero allí. Ya tienen el dinero listo para construir su casa y pagarla. Ella me invitó a decirle a Lucas que se fuera a trabajar con su esposo, pero no pudo decirme qué hace."

"Ten cuidado, Araceli. Grandes cantidades de dinero tan rápido solo pueden significar peligro."

"¿Qué quiere decir?"

"Drogas, su esposo puede estar traficando drogas. Es un negocio peligroso."

"¿Cómo sabe eso?"

"Solo lo sé."

Araceli caminaba a casa con la cabeza baja, profundamente metida en sus pensamientos. *La vida era muy difícil. ¿Qué estaba haciendo trayendo un bebé a este desastre?* pensó. Entonces se acordó de su abuela y en todo lo que había soportado. *Querido Dios, ayúdame,* comenzó a orar.

Un rayito de esperanza

A medida que el clima mejoraba, la gente de Ciudad Juárez comenzó a salir sin miedo. Estaban cansados de esconderse por miedo, y por razones desconocidas, la violencia comenzó a disminuir. Ya no escucharon balazos durante la noche ni encontraron a unos muertos en la banqueta en las mañanas. El nuevo presidente tomó crédito, por supuesto, pero ¿sería porque él pagó algún soborno? o porque había resuelto el problema? Nadie sabía realmente. La respuesta o la verdad no parecía importar. La gente solo estaba feliz de que la vida pareciera volver a ser más tranquila.

Araceli estaba lista para el nacimiento su bebé en julio. Había días en que no podía encontrar trabajo y visitaba con su mamá. Ahora su mamá no le gritaba como antes. En lugar de eso, le contaba a Araceli todos los chismes del vecindario. Esa semana el mayor chisme era que Adán, el esposo de Alicia, estaba en la cárcel del otro lado. Araceli hizo una oración silenciosa de gracias a Dios por mantener a Lucas fuera de ese trabajo.

Carmen seguía en la tienda todos los días con un oído atento, dando buenos consejos. Araceli, con solamente 16 años, comenzaba a sentirse más como un adulto. Se dio cuenta de que Carmen tenía razón sobre Adán y se alegró de que Lucas no hubiera tenido la tentación de seguir la atracción por el dinero rápido. Araceli siguió entristecida por la cantidad de niñas de trece años que comenzó a ver con panzas de embarazadas. Ella esperaba ser una mejor madre, alguien que quisiera que sus hijas se quedaran en casa más tiempo y terminaran la escuela antes de comenzar su familia. Ella esperaba poder apoyar a sus hermanas lo mejor posible y a ayudarlas a sobresalir.

Un día en la tienda, Araceli escuchó a Carmen hablar con otra mujer sobre su nueva casa. "Entonces, ¿cuándo estará lista?" Carmen dijo.

"¡En tres días! Este equipo de gringos lo construirá en tres días y la entregará. ¿No es increíble?"

"¿Cómo los conociste?"

"El pastor de nuestra iglesia nos recomendó."

"Araceli, escucha esto", dijo Carmen.

"Escuché. ¿Dónde está esa iglesia?"

"Está en la próxima colonia junto al parque. Tenemos servicio los domingos y miércoles con reuniones de oración los viernes por la noche. Deberías ir," la señora dijo. "Mi nombre es Lourdes."

"¿Es la iglesia que está al lado de la chatarra de Diego?"

"Si, ¡esa!"

"Yo tuve el culto de mis quince ahí. Me encantaría ir."

El siguiente domingo, Araceli caminó hacia la pequeña iglesia. Lucas dijo que tenía que hacer un dudoso mandado, pero Araceli sabía que no estaba interesado. Mientras ella se acercaba a la iglesia, ella escuchó la música que le traía buenos recuerdos. Ella aceleró sus pasos y se unió al pequeño grupo cantando canciones de alabanza acompañados por una guitarra. Se sintió en paz por primera vez en mucho tiempo, la misma paz que se sentía en casa de su abuela. Después del servicio, Lourdes se acercó para saludarla y le presentó al pastor Miguel. Él era un pastor diferente que él que había conocido en su quinceañera.

"Yo soy el Pastor Miguel. Bienvenida y Dios te bendiga. Lourdes nos dijo que podrías venir. Ésta es mi esposa Pati."

"Dios te bendiga, Araceli," Pati le dijo. "Lourdes nos dijo que tú y tu esposo están en un jacalito en el siguiente vecindario. Planeamos tener otro equipo pronto para construir otra casa. Con suerte, podemos hacerte una casa antes de que llegue tu pequeño."

"Gracias, Pastora, ¡sería maravilloso! Mi esposo es muy trabajador. El puede ayudar también."

"Por supuesto," dijo el Pastor Miguel. "Sería genial para él trabajar con los gringos. Trabajé en el otro lado y fui a clases de inglés en su iglesia de ellos. Conozco a muchos personalmente. Gastan su propio dinero para llegar aquí y comprar los materiales. Son bondadosos, amables, y muy trabajadores."

"¿Cuándo nace tu bebé?" la pastora Pati preguntó.

"El 15 de julio."

"Creo que nuestro próximo equipo llega el 15 de junio," el pastor Miguel dijo. "¡Te pondré en la lista! Pero también, me gustaría pasar más tarde por tu casa para conocer a tu esposo."

"Gracias, pastor. Lo esperamos."

Esta vez la vida estaba de su lado.

Araceli caminó a casa, alabando a Dios mientras las canciones de la iglesia corrían por su cabeza. No podía esperar para contarle a Lucas las buenas noticias, pero Lucas no estaba en casa. El domingo por la tarde era día de compartir con la familia, así que Araceli caminó hacia la casa de su mamá. Quería compartir las buenas noticias con alguien. La tienda de Carmen estaba cerrada debido a que acostumbraban visitar a la familia de Carmen los domingos. No había mucha actividad en el vecindario. Solo los perros estaban afuera buscando restos.

Cuando Araceli dio vuelta en la esquina, su mamá y sus hermanos estaban saliendo de la casa. Parecía que se levantaron tarde después de quedarse fuera hasta la madrugada en alguna fiesta. Afortunadamente, Gilberto seguía durmiendo.

"Tengo buenas noticias," Araceli dijo. "Vamos a tener una casa."

"¡Wow! ¿cuándo?" su pequeña hermana Zenaida dijo. "Quiero ir a quedarme contigo."

"Tal vez en junio, antes de que llegue el bebé. Un grupo de la iglesia construirá una para nosotros."

"Supongo que estarás altanera y poderosa nuevamente," su mamá dijo.

"Ay, Mamá, ponte feliz por mí. El bebé tendrá un lugar cálido y seco para vivir."

El 15 de junio llegó, pero el equipo de voluntarios no llegó. Los reportes de violencia habían llegado al otro lado, y los grupos de la iglesia tenían miedo de viajar a la colonia. El jacalito de Araceli continuaría siendo su hogar.

Y entonces, eran tres

El primero de julio, día de las elecciones en México, Araceli entró en labor de parto. Ella y Lucas caminaron hacia la clínica en las primeras horas de la mañana, emocionados y un poco asustados. Sorprendidos de que también hubiera una línea para la sala de partos, Araceli tomó un turno y esperó. Lucas le frotó la espalda cuando los dolores se hicieron más fuertes. Una por una, permitieron a las mujeres entrar, solas sin el apoyo de nadie.

Cuando Araceli pensó que no podía soportar más, mencionaron su número de turno. Le dieron una barra delgada de jabón y le dijeron que se bañara en el primer cubículo. A pesar de que el día era caluroso, Araceli parecía tener escalofríos y se estremeció de dolor y nerviosismo. Ella logró estar en la sala de partos justo a tiempo para ser atendida. Otra vez, Araceli se sentía como otra tortilla en la tortillería.

Daniel Lucas nació a las 12:05 de la tarde. Les dieron de alta esa misma tarde a las 5:05 con una receta para antibióticos. Apenas capaz de caminar, Araceli abrazó a su hijo, apoyándose en Lucas, y caminaron pasito a pasito hasta su hogar, un jacalito con piso de tierra. Una vez en su jacalito, Araceli recordó a su abuela diciéndole que a veces se tenía un hijo y se tenía que ir a trabajar al campo el mismo día. Araceli no tenía que salir al campo, pero sabía que pronto tendría que salir a buscar chatarra. Ella esperaba que la fuerza de su abuela estuviera en su sangre.

Afortunadamente, Daniel era un bebé fácil. Incluso raramente se resfriaba, aunque Araceli llevaba a Daniel por todas partes. Primero lo llevaba en un canguro, luego en una carriola que Lucas había encontrado en el basurero y reparado. Daniel recorría millas y millas por la ciudad todos los días mientras su mamá buscaba chatarra.

Lucas continuaba trabajando en la tortillería y hacía algunas obras del yeso cuando podía. Desgraciadamente, muchas veces, hizo una obra del yeso y no le pagaron. Los parientes de Lucas eran los peores. Había enyesado la casa entera de su hermana mientras Adán todavía estaba encarcelado. Cuando fue liberado, Adán tenía dinero para comprar un buen auto, pero no tenía dinero para pagarle a Lucas por la obra, ni siquiera por los materiales. De todos modos, Lucas y Araceli siguieron luchando, agradecidos por tener lo suficiente para comer.

La maquila

Cuando Araceli se dio cuenta de que estaba embarazada por segunda vez, decidieron tratar de encontrar un trabajo para Lucas en una maquiladora. El mayor problema era que Lucas no podía leer ni escribir. Araceli tendría que acompañarlo para postularse. Daniel ahora caminaba y era muy activo. Alguien necesitaría quedarse con él en casa.

"¿Tu mamá podría cuidarlo? Solo sería un par de horas," Lucas dijo.

"Ella tiene que llevar a mis hermanas a la escuela, y todavía tiene a sus pequeños en casa." Araceli no sabía por qué parecía estar a la defensiva. *¿No debería una abuela querer cuidar a sus nietos de vez en cuando? ¿Y por qué la mamá de Lucas tampoco quería ayudar?*

Pero realmente ninguno quería que su suegra lo cuidara.

"¿Se lo pedimos a Alicia? Probablemente le gustaría."

"Carmen podría hacerlo."

"Carmen no es de la familia"

"Ha sido más mi familia que a la mía."

"Déjame preguntarle a mi hermana primero."

La mañana siguiente, Araceli y Lucas dejaron a Daniel en la casa de Alicia y tomaron el autobús a una maquila que tenía puestos vacantes. Se les permitió ingresar y ambos tuvieron que completar el papeleo y ver un video de capacitación y seguridad. El video explicaba que llegar tarde o estar ausente no sería tolerado, y el uso de gafas de seguridad y guantes era de primordial importancia. Después del corto video, fueron enviados a exámenes de drogas y se les dijo que llamaran al día siguiente para obtener resultados e instrucciones adicionales. Araceli seguía diciéndoles que no quería un trabajo, pero procesaron su admisión de todos modos por el hecho de estar ahí. Después del largo y agotador proceso de solicitud, tomaron el autobús de regreso a casa de Alicia para recoger a Daniel.

Mientras caminaban desde la parada de autobús, podían escuchar a un bebé llorando. A medida que se acercaban a la casa de Alicia, se dieron cuenta que era Daniel. Araceli salió corriendo y encontró a Daniel solo en el patio. Ella lo levantó y lo consoló mientras sollozaba con él. Finalmente se calmó, y Alicia entró por la puerta con un paquete de tortillas. Lucas estaba furioso con su hermana, pero no le comentó nada. "Vámonos, Araceli," fue todo lo que se dijo. Le dio a su hermana sus últimos pesos, y caminaron a casa.

La mañana siguiente, marcaron el número que les habían dado en la maquila. Lucas había sido aprobado para comenzar el turno de noche la siguiente noche. Le negaron a Araceli el trabajo porque su prueba mostró que estaba embarazada.

"Bien, me hice una prueba de embarazo gratuita sin tener que hacer fila en la clínica," le dijo a Lucas sonriendo.

Él le sonrió y colocó sus manos sobre su vientre. "Estaremos bien."

Araceli calentó la última de las tortillas y le dio una a Daniel. Ella había podido cuidarlo durante todo un año, y ahora estaba comiendo comida regular. Oraba para que su próximo bebé fuera tan fácil y saludable como Daniel.

Lucas se preparó para trabajar la tarde siguiente. No había mucho para una cena durante la noche. Lucas podría aguantar el hambre por una noche. Lo bueno era que la maquila tenía una ruta recogiendo trabajadores para cada turno. El transporte se descontaría de su pago, no tenía que depender del transporte público.

Mientras se besaban para despedirse, Araceli se dio cuenta que estaría sola en casa toda la noche, solamente con Daniel. "Podría quedarme en casa de mi mamá," le dijo a Lucas.

"¡No quiero que te quedes con Gilberto! ¿Por qué no invitas a Zenaida para que venga a quedarse aquí en casa contigo?"

Araceli asintió y metió a Daniel en la carriola. "Traeré tanto a Zenaida como a Saraí si mamá las deja, y puedo llevarlas a la escuela por la mañana."

Mientras caminaba hacia la casa de su mamá, vio a Rubí saliendo de un jacalito a unas pocas cuadras. *¿Estaba embarazada de nuevo? ¿Dónde estaban sus bebés?* El corazón de Araceli volvió a estar triste. La vida era muy difícil. *Querido Dios, cuida de Rubí y de sus bebés,* Araceli oró.

Lucas trabajaba constantemente en la maquila semana tras semana. El pago era un poquito más que en la tortillería, pero también incluía una tarjeta de alimentos para usar en S-Mart para algunos comestibles. Pudo obtener un seguro de salud familiar, pero la primera visita a la clínica para Daniel no fue diferente de la visita de la clínica sin seguro. Las filas también eran muy largas, el servicio era impersonal y faltaba la higiene.

El trabajo en la maquila era aburrido y no requería imaginación. Todos los días, Lucas y un compañero bajaban las láminas de metal en las máquinas que las cortarían y formarían en formas y tamaños ordenados. Todos los días Lucas llegaba a casa con cortes en sus manos, algunos días peor que otros. Intentaron comprar diferentes tipos de guantes, pero ninguno parecía ayudar a prevenir los cortes en las manos.

Un día el accidente fue más que un corte simple. Lucas casi pierde dos dedos. Fue llevado rápidamente a una clínica cercana, y sus dedos se salvaron, pero ahora no podía trabajar durante varias semanas. Los empleadores actuaron como si Lucas se cortó a propósito. Le asignaron dos semanas de trabajo ligero. Cuando le retiraron los puntos, se le exigió que volviera al trabajo completo a pesar de que el médico le había sugerido terapia. Lucas siguió luchando, decidido a mantener a su creciente familia.

Nueva esperanza

Araceli siguió adelante con su embarazo. Tener un cheque de pago regular y dinero para el supermercado ayudaba, ya que podían pagar la leche para Daniel. Buscar chatarra mientras empujaba un cochecito era agotador, pero proporcionó un poco de dinero extra para pañales. Esperaba que Daniel ya no utilizara pañales cuando llegara el próximo bebé. Ocasionalmente, ella asistía a la iglesia de Pati y Miguel, llevando a Daniel con ella. Lourdes siempre los recibía y la animaba a llevar a su esposo. Araceli sabía que Lucas no se quedaría quieto durante dos horas de predicación en voz alta y no se molestaba en invitarlo.

Un domingo, Araceli se preparaba para ir a la iglesia. Estaba poniendo a Daniel en la carriola cuando Lucas le preguntó, "¿Por qué asistes a la iglesia?"

Ella sabía que él no preguntaba como su madre lo hacía para burlarse de ella tan a menudo. Sonaba sincero en su pregunta. "No sé cómo explicarlo, pero me siento más cerca de Dios, y recuerdo que no estoy sola. Puedo sentir su presencia y puedo orar mejor, hablándole como si fuera un amigo."

"No soy como tú," dijo. "No sé lo que eso significa. ¿Cómo hablas con él?"

"Solo habla, Lucas, hablando con alguien mucho más grande que nosotros, alguien que se preocupa por nosotros."

"¿Cómo lo sabes?"

"Lo siento." Ella le sonrió y agregó, "Solo lo siento por dentro."

Cuando Araceli llegó al servicio de la iglesia, Lourdes y Pati la abrazaron, hablando una encima de la otra. "Estamos muy contentos de que hayas venido. El pastor Miguel tiene un anuncio."

Después del canto, el pastor Miguel anunció que el equipo de los Estados Unidos había decidido volver a construir casas. Vendrían durante sus vacaciones de Navidad. Araceli sintió un cálido resplandor adentro. Su fecha para el nacimiento de su nuevo bebé era en enero. Esperemos que el bebé número dos tenga un piso de concreto, paredes de bloque, y madera y un techo —-. No podía esperar para contarle las buenas noticias a Lucas.

El equipo llegó el 17 de diciembre. Los materiales habían sido entregados el día anterior. Lucas y Araceli habían derribado su jacalito de tarimas y lonas, y rastrillado todo el terreno donde habían vivido para abrir espacio para la nueva casa de bloque. Se mudaron con la hermana de Lucas durante la semana.

La primera mañana cuando llegaron los gringos, Lucas los conoció cuando llegó a casa después de su turno de noche. Un gringo muy alto llamado Joe hablaba algo de español. Joe se había retirado de la Marina y le gustaba trabajar duro pero también bromear. Él y Lucas se hicieron buenos amigos rápidamente. Había algunos jóvenes en el equipo y un pastor. Otro grupo de la misma iglesia estaba construyendo una casa a otras pocas cuadras. Araceli se acercó con algunos de los miembros del equipo y se sorprendió al encontrar a Rubí embarazada allí.

"¡Rubí, también vas a tener una casa!" Araceli estaba feliz por ella, pero Rubí no respondió.

El equipo derribó el jacal de Rubí para dejar espacio para la nueva casa. Araceli estaba triste porque Rubí no tenía a nadie que la ayudara.

"¿Dónde está tu esposo, Rubí? o tú mamá?"

"Se fue cuando el jacal se derrumbó el invierno pasado. Mi mamá está trabajando," Rubí respondió a regañadientes.

Araceli estaba sorprendida por obtener tanta información a la vez. Quería ser amiga de Rubí porque sabía lo difícil que era ser madre. "¿Cómo te eligieron para una casa?"

"No lo sé," Rubí dijo, cerrando la conversación de nuevo.

"Lourdes nos habló de ella," la pastora Pati dijo. "Una madre soltera de tres niños pequeños es una prioridad para una casa."

"Eso es maravilloso, Rubí, "Araceli dijo, pero Rubí estaba alejándose.

Un nuevo amigo

El primer trabajo para los equipos fue mezclar el mortero para los bloques. Se hizo evidente que Joe y Lucas estarían haciendo la mayor parte del trabajo. El pastor no era muy fuerte, y los jóvenes se rindieron rápidamente. Un hombre mayor llamado Paul siguió al equipo tomando fotografías. Hablaba español y pronto tuvo muchos niños posando para fotos. Paul conoció a Araceli y a Daniel y a las hermanas de Araceli. Muy pronto todos los niños lo llamaban Abuelo.

Abuelo llevaba muchos accesorios para tomar fotos. Tenía sombrillas y sombreros de paja, zapatillas y lujosas joyas falsas. Quería ver a todos disfrutar de ser fotografiados. Un día, Araceli le llevó un refresco frío y le ofreció una quesadilla.

"¿Es usted misionero?"

"No, soy un doctor retirado. Y disfruto de la fotografía."

"¿Vende usted sus fotos?"

"No, hago copias y las devuelvo a los propietarios."

"¿Cómo se gana dinero haciendo eso?" Araceli no entendía.

"No es por dinero. Es por las sonrisas."

Ella le sonrió y le dijo, "Gracias, aquí necesitamos más sonrisas."

El la abrazó. "Tu familia es hermosa. ¿Cuándo nace tu bebé?"

"El próximo mes. Me quedan tres semanas. Estoy muy agradecida por esta casa. Criar a un bebé en un jacalito en un piso de tierra ha sido difícil. Gracias por lo que están haciendo por mi familia."

Abuelo tomó su foto y pensó en su propia casa, su esposa, sus hijos. Sabía que su garaje era más grande que esta casa que estaban construyendo para ella. Aún así ella estaba muy agradecida.

Lucas trabajaba cada día con el equipo hasta las dos de la tarde y se iba a la casa de su hermana a dormir hasta su turno de noche. Cada mañana él y Joe mezclaban el mortero con arena y grava en el suelo con palas mientras un joven les traía más cubos de agua. Cuando la mezcla estaba lista, la metían en cubos y la llevaban a la pared de bloques que aumentaba gradualmente. Cada fila de bloques era más y más alta y costaba más trabajo alcanzar donde echar la mezcla. Al terminar una pared, cada gringo escribió un versículo de la Biblia en una hoja de papel y la metió dentro de un bloque antes de sellar todo con más cemento. El primer día, las cuatro paredes estaban completas.

El segundo día, se construyó el techo de madera y se aplicó el rollo de papel alquitranado. Trabajaron bajo el sol fuerte en el techo con trapeadores y brea (chapapote) caliente para sellar bien el techo.

El tercer día mezclaron concreto para echar en el piso. Las ventanas y la puerta fueron entregadas e instaladas ese mismo día. El vidrio para las ventanas tendría que comprarse otro día con su propio dinero.

En el cuarto día, mientras el piso se secaba, el grupo se reunió para dedicar la casa. Cada uno de ellos encontró un lugar en una esquina del piso para autografiarse con un clavo. La casa era solo una habitación, pero era muy necesaria. No había plomería. Una letrina todavía le servían de baño, y los trastes se lavarían en un bote. Pero tener una puerta para cerrar y un piso de concreto para barrer. ¡Que grandes tesoros!

El pastor leyó las escrituras sobre la construcción de una casa en la roca, y el grupo presentó a la familia con una cobija suave, un conjunto de ollas y sartenes, una Biblia en español, y una caja con comestibles. Oraron juntos, bendiciendo la casa y a la familia, y después se fueron. El Abuelo prometió regresar, pero Araceli no contaba con eso.

Después de las despedidas, ella y Lucas arreglaron su vieja cama con el nuevo edredón en la nueva casa. Llevaron los platos, ollas y sartenes. Daniel estaba caminando ahora y corría de un extremo al otro tocando las paredes. Estaba muy emocionado. Mientras movían los últimos artículos, Abuelo llegó de regreso.

"Ahora que los gringos se han ido, ¿qué necesitan realmente?" él les preguntó.

Araceli corrió a abrazarlo. "Solo necesitamos que se siente a comer con nosotros en nuestra casa nueva, por favor."

El Abuelo se sentó y comió. No le importaban mucho las tortillas, pero el caldo que hizo Araceli estaba delicioso.

"Por favor, venga a visitarnos cuando vuelva," ella dijo. "Nuestra casa es su casa."

El Abuelo los abrazó a todos nuevamente y se fue.

Y entonces eran cuatro...

Dos semanas después el 15 de enero, Memo se unió a la familia. Al igual que en su primer parto, Araceli esperó en la fila mientras los dolores de parto sacudían su cuerpo. Memo nació saludable, y doce horas después Araceli y Lucas caminaron a casa. Lucas encendió un fuego en su estufa de leña y caminó hacia la casa de su hermana para recoger a Daniel. Cuando volvieron, Lucas sabía que algo andaba mal.

"¿Qué pasa, Araceli?"

"¡Memo se está poniendo azul!"

"Llevémoslo afuera, dámelo a mí," Lucas agarró al pequeño bebé y salió corriendo. Memo abrió los ojos y respiró hondo. Su coloración parecía mejorar a la luz de la luna.

"Parece estar respirando mejor," Araceli dijo, "pero un bebé recién nacido no puede salir en este frío aire nocturno."

"Tendremos que apagar el fuego en la estufa de leña. Incluso con el tubo de salida en el techo parece que entra el exhausto dentro y respiramos algo del humo."

"¿Pero cómo nos mantendremos calientes?"

"Como lo hacíamos antes, todos juntos."

La familia de cuatro estaba agradecida por la casa bien sellada y la nueva cobija gruesa. Si aún estuvieran en el jacalito, se congelarían hasta morir sin fuego para calentarse. Araceli oraba en voz alta una oración de agradecimiento por la casa y por los amigos gringos que la construyeron. Suplicaba, *por favor Dios, cuida de mis bebés.*

Mientras cada día pasaba, la lucha por cuidar a dos niños se hacía más difícil. Araceli estaba exhausta, y su mamá ni siquiera había ido a conocer a su nieto, mucho menos ofrecer ayuda.

Cuando Memo tenía dos semanas, la temperatura volvió a caer por debajo de cero, y Lucas encendió un pequeño fuego. Desafortunadamente, la reacción de Memo fue la misma, empezó a ponerse azul nuevamente. Araceli corrió afuera con él en el aire helado mientras Lucas apagaba el fuego. Aunque temblaban de frío, al menos habían descubierto cómo manejar la situación.

La mañana siguiente no trajo viento. El día era soleado con un cielo azul así que Araceli decidió visitar a su mamá. Abrigó a sus dos hijos con toda la ropa que tenían y caminó unas pocas cuadras hasta su antigua casa. Su mamá estaba calentando agua sobre el fuego. Araceli se dio cuenta de que no debería haber ido.

"Entra, Araceli. ¿Qué pasa ahora? ¿Eres demasiado importante para entrar en la casa de tu mamá?"

"No, Mamá. No es eso. Es Memo. El humo hace que deje de respirar."

"Oh, ¡ya sé! el tiene un susto, algo lo asustó durante su nacimiento. Enciende esa vela y tráeme un huevo. Déjame arreglar un hechizo."

Antes de que ella pudiera decir que no, Maite agarró a Memo y comenzó a mecerlo, balanceando a Memo en el aire. Se acercaba a Memo a la vela encendida con Memo arriba de ella y daba órdenes.

"Ahora pasa el huevo sobre la vela cuatro veces lentamente."

Araceli obedeció, manteniendo la mirada sobre los labios de Memo.

"Ahora pasa el huevo sobre Memo cuatro veces."

"Realmente necesito irme, Mamá."

"Sss, déjame terminar," su mamá dijo, cerrando sus ojos mientras pasaba a Memo nuevamente sobre la vela.

"Tengo que sacarlo de este humo," Araceli dijo firmemente mientras agarraba a Memo de los brazos de su mamá. Daniel los siguió con los ojos muy abiertos mientras corrían hacia su casa. El aire frío revivió Memo, y Araceli redujo su ritmo. *¿Era el aire frío, o fue el encantamiento de su mamá?*

"Querido Dios, ayúdame a cuidar a mis bebés," oró en voz alta.

"Mamá, no soy un bebé," Daniel dijo. "No necesito ayuda."

"Tú siempre serás mi bebé, Daniel, y siempre necesitaremos la ayuda de Dios."

El regreso del Abuelo

Dos semanas después, cuando Memo cumplió un mes, una tormenta de arena sopló. Los vientos fríos levantaron la suciedad y el polvo del desierto sin árboles, sin hierba y sopló durante horas y parecía no tener fin. Araceli colocaba toallas húmedas alrededor de las ventanas y puertas, pero el cuarto pronto se llenaba de polvo de todos modos. Memo muy pronto empezó a respirar con dificultad y sus labios comenzaron a cambiar al color azul. Esta vez, Lucas no sabía qué hacer. Finalmente, Araceli gritó, "Padre Dios, ¡ayuda a nuestro bebé!"

En ese momento, escucharon el portazo de un automóvil y alguien pisaba afuera en el patio de tierra. Se asomaron por la ventana y para su sorpresa vieron al Abuelo llegar a la puerta. Rápidamente Lucas abrió la puerta y lo apresuró.

"Gracias por venir," Araceli le dijo. "Memo no está respirando correctamente. ¿Podría usted ayudarnos?"

El Abuelo rápidamente se hizo cargo del bebé. "Lucas, toma mis llaves, y tráeme una bolsa negra del asiento trasero de mi auto." Lucas obedeció.

"Cómo supo qué debía venir?" Araceli preguntó.

"Vine con otro equipo, y me detuve para ver si ya tenías a tu bebé." Lucas estaba de vuelta con la bolsa. El Abuelo sacó un estetoscopio y escuchó la respiración irregular y superficial. "Necesita un tratamiento respiratorio. ¿Conocen a alguien con una máquina?"

Lucas y Araceli negaron con su cabeza. *Incluso si lo tuvieran, ¿alguien se los prestaría?*

"Necesitamos ir al hospital infantil ahora. Hay que subirlo al coche." El Abuelo ordenó, y Araceli agarró la pañalera.

"Me quedaré aquí con Daniel. Ustedes dos vayan. No habrá lugar para Daniel, y no hay tiempo para hacer arreglos. Vayan," Lucas dijo. Los acompañó y los ayudó a subir al auto. Luego vio a su esposa e hijo irse con un extraño, confiando en su instinto que estaba haciendo lo correcto.

Mientras manejaban, Araceli se dio cuenta de que no iban hacia el hospital infantil. Por un breve momento ella quiso entrar en pánico, pero el Abuelo dijo, "Vamos a un hospital privado. Ahí tendrán un pediatra allí para evaluar al bebé. El bebé es demasiado pequeño para perder tiempo con estudiantes de medicina. Por cierto, ¿cuál es su nombre?" Le sonrió a Araceli, y sus miedos se calmaron.

"¡Memo! Guillermo como mi hermano mayor, pero nosotros lo llamamos Memo."

"¿Son muy unidos, tú y tu hermano?"

"No, realmente no lo conozco. El creció con mi padre, y yo me quedé mi mamá. Vive en otro estado. No lo he visto desde que tenía cinco años."

"Las familias son así. Tengo cuatro hermanas mayores que me sofocaban cuando era pequeño pero ahora apenas me hablan. Supongo que no soy tan chulo como antes."

A Araceli le agradaba ese alto y extraño gringo. Parecía un ángel guardián para ella, llegando justo cuando más lo necesitaba.

En la sala de emergencias, el Abuelo los registró y ordenó un tratamiento de respiración de inmediato. Araceli se sorprendió de cómo el personal se apresuró a cuidar a su pequeño bebé. Después del tratamiento, la enfermera colocó los tubos de oxígeno en sus pequeñas fosas nasales. Por fin respiraba profundamente. *Gracias, Señor. ¡Gracias!*

Pronto Memo se estabilizó, su color natural regresó, y comenzó a llorar con fuertes y profundos gritos de hambre. "Ese es un sonido maravilloso, Mamá. Puedes alimentarlo ahora," la enfermera dijo sonriendo.

Araceli le dio pecho a su bebé hambriento y éste pronto cayó en un sueño profundo, respirando profundamente sin oxígeno. La pediatra se detuvo y sonrió. "Hiciste lo correcto al traerlo. Los bebés pequeños pueden decaer rápidamente. ¿Tienes una máquina de respiración en casa?"

Araceli negó con su cabeza. "No, nunca he visto una antes."

"Muchos bebés aquí en Ciudad Juárez tienen problemas respiratorios por el polvo del desierto y la contaminación de las maquilas. Necesitarás obtener uno y aprender a usarlo. Me temo que este no será su único episodio. ¿Alguien fuma en casa?"

"No," Araceli respondió, "pero teníamos una estufa de leña que parece provocar esto."

"¡No más fuego! Consigue un calentador eléctrico y una máquina de respiración. Estoy escribiendo una receta para los medicamentos necesarios para la respiración, y necesitarás un poco de agua esterilizada en la farmacia. Un humidificador o vaporizador también le ayudará. Pueden mostrarte el funcionamiento de la máquina en la farmacia."

"Gracias, doctora," Araceli susurró. "Pero no tenemos dinero. Nunca podremos pagarle."

"Puedes pagarme siendo la mejor mamá que puedas ser para tu bebé. Tienes que luchar por él y sacrificarte por él. Eres su defensora, y sus necesidades tendrán que ser lo primero. Esta máquina le va a salvar la vida. Detente en los servicios sociales para ver si te pueden ayudar. Aquí está mi número de celular. Si te encuentras en esta situación nuevamente y la máquina no es suficiente, me llamas y llegas tan rápido como puedas aquí al hospital. En ese punto, lo más probable es que necesite oxígeno. Recuerda, eres su adulto ahora, y el está contando contigo." Le sonrió a Araceli, le apretó el brazo y se fue.

Araceli estaba abrumada, pero el Abuelo se hizo cargo. "Pasemos primero por la farmacia de la misión y veamos qué tienen." Entraron nuevamente en su cálido auto y se fueron.

En la clínica de la misión, una linda dama estaba a punto de cerrar. Un grupo de voluntarios gringos estaba descargando una camioneta. El Abuelo explicó la situación. Uno de los gringos dijo, "Vi las máquinas en el estante superior de la farmacia donde estábamos organizando los medicamentos."

Con suministros, un vaporizador y una máquina de tratamiento respiratorio de la clínica, El Abuelo manejó de regreso hacia la casa de Araceli. Lucas salió a recibirlos y los ayudó a entrar. El Abuelo pacientemente les mostró cómo usar el vaporizador y el inhalador. "Voy a buscarte un calentador eléctrico. Lucas, ¿quieres venir conmigo esta vez?"

Los dos hombres se fueron, y Araceli comenzó a cocinar, teniendo cuidado de no causar humo. Ella abrazó a Daniel y revisó a Memo. Amaba mucho a sus hijos y estaba muy agradecida con el Abuelo. Dios le había dado un ángel especial para su familia.

Cuando los hombres regresaron, conectaron el calentador y se sentaron a cenar. El Abuelo miró alrededor de su casa mientras comían, mentalmente enumerando cosas que podrían usar. "¿Cómo cocinaste?"

"Tenemos un tanque de gas propano," dijo Araceli.

"¿Dónde está tu estufa?"

"Ahí, de un quemador," dijo señalando detrás de ella a una vieja estufa de campamento. "Algunas veces el microondas también trabaja."

"¿Dónde lavas la ropa?"

"Afuera, hay una pila."

"¿Cómo compras tus comestibles?"

"Camino a S-Mart y regreso."

"Regresaré a los dormitorios de la misión," dijo el Abuelo. Antes de irse sacó un pequeño paquete de su bolsillo. "Este es un teléfono celular básico. Le pedí al empleado que le pusiera mi número. Si Memo comienza a tener problemas nuevamente, llámenme." Le entregó un trozo de papel con el número del celular. "No le digan a nadie que lo compré para ustedes."

Araceli lo abrazó muy fuerte, las lágrimas corrieron por sus mejillas. Nadie la había mimado desde que su Abuela estaba viva. Extrañaba su cariño. "Gracias, y que Dios se lo regrese diez veces."

"¿Qué fue lo que comimos? Estaba bastante bueno."

"Chile Colorado"

El Abuelo levantó a Daniel y lo miró a los ojos, "Cuida a tu mamá, ahora. Y ayúdala."

Daniel asintió con sus grandes ojos. No estaba seguro qué pensar del gran extraño. Se dieron la mano, pero el extraño señor no le soltó la mano bromeando con él. Finalmente, Daniel comenzó a reírse, y el Abuelo lo soltó. "Adiós."

Lucas miró el reloj. Ya era medianoche. No sabía qué hacer con su turno. "Creo que iré a la maquila y explicaré lo que pasó. Tal vez me dejen comenzar tarde."

"El autobús ya se ha ido," Araceli dijo. "Alcanza al Abuelo, y ve si el te puede llevar."

El Abuelo estaba saliendo cuando Lucas golpeó su ventana trasera. "¿Puede llevarme al trabajo?"

"Seguro, entra." Lucas se despidió de Araceli y se fue.

El hospital

Araceli estaba sola en casa con sus dos niños pequeños. Memo se despertó y su mamá lo amamantó y le dio su primer tratamiento de respiración. Lo hizo sin dificultad, pero la medicina en vapor pareció animarlo. Memo era tan pequeño, pero muy activo. Daniel quería jugar con él.

"Es muy pequeño ahora Dani," Araceli dijo, "pero un día ustedes dos serán mejores amigos." Arropó a Memo, ajustó el calentador eléctrico y el vaporizador. Pronto los dos niños dormían. Casi una hora después mientras Araceli leía su Biblia, Lucas llegó a casa.

"No me dejaron comenzar tarde porque cierran las puertas. Me advirtieron que si sucedía de nuevo, me despedirán."

La familia de cuatro estaba bajo las cobijas y pronto se quedaron profundamente dormidos. Cerca de las cuatro de la mañana, la respiración irregular de Memo despertó a Araceli. Ella rápidamente preparó la máquina de respiración y se la aplicó a los labios azules de Memo. Su coloración mejoró, pero no estaba tan animado como antes. "Estoy preocupada," Araceli dijo.

"¿Crees que debemos llamarlo?"

"Es medianoche. ¿Crees que podamos encontrar un taxi?"

"No, no había nadie en las calles cuando regresaba del trabajo. Tal vez el autobús que sale para el próximo turno, pero no sé si se detendrá."

Memo estaba muy inquieto. El color azul pareció regresar. "Tenemos que irnos ahora!"

Se abrigaron todos y corrieron hacia la parada de autobús más cercana. Pasó una eternidad antes de que vieran las luces venir. El aire frío parecía revivir un poco a Memo. Subieron al autobús y le pidieron al conductor que los llevara a la sala de emergencias del hospital público. Araceli no creía que alguien los aceptaría en el hospital privado sin dinero ni el gringo, así que fueron al hospital público.

Cuando el conductor del autobús se retiró, Araceli vio a Rubí caminando a casa con un vestido ajustado sin abrigo. Definitivamente estaba embarazada de nuevo. ¿Por qué estaba afuera a esta hora de la noche?, y ¿dónde estaban sus bebés? Araceli sintió esa profunda tristeza incluso en medio de la preocupación por su propio hijo.

A las cinco de la mañana, el hospital ya estaba lleno. Algunas familias parecían haber dormido en sus autos. Araceli hizo fila para registrarse con Memo. Lucas sostenía a Daniel mientras dormía. En la ventanilla, la recepcionista fue muy brusca. "¿Cuál es el problema con tu hijo?"

"Se está poniendo azul y respira con dificultad."

"Llena esta forma. ¿Trajiste una copia de su certificado de nacimiento?"

"No, solo tiene un mes de nacido. No tiene una aún."

"¿Tiene un seguro popular?"

"Si, mi esposo trabaja en una maquila."

"¿El seguro cubre al bebé?"

"No, no puedo inscribirlo hasta que tenga un certificado de nacimiento, y no puedo obtener el certificado de nacimiento hasta que el hospital presente los documentos."

"Tiene que tener los papeles. A las nueve en punto, tendrá que ir a la oficina de administración y pedirles que agilicen los formularios. Tráeme una copia del recibo."

"Lo haré, pero ¿alguien puede verlo ahora? Sus labios están azules."

"Espera a que lo llamen. ¡Siguiente!"

Araceli estaba muy preocupada. Se sentó junto a Lucas mientras las lágrimas corrían por sus mejillas. "¿Debería llevarlo afuera?"

"Yo lo haré," dijo Lucas, "cambiemos de niño." Afortunadamente cuando Lucas llegó a la puerta, mencionaron el nombre de Memo. Una vez más cambiaron de niño y Araceli corrió hacia la enfermera.

"Colócalo sobre la mesa, y le quitas toda su ropa. Necesitamos pesarlo. ¿Estás amamantando?"

"Si," Araceli respondió mientras miraba horrorizada la mesa desagradable y sus alrededores con poco esfuerzo para buena higiene.

Otra enfermera entró y comenzó una vía intravenosa en el brazo delgado de Memo. *¿Por qué todos tenían que ser tan groseras y bruscas? Era un hospital infantil*, Araceli pensó. Ella quería quejarse pero simplemente se sintió aliviada de que Memo estuviera siendo atendido.

Memo estaba muy débil y apenas lloraba a consecuencia de la inyección. "Cuánto pesó al nacer?"

"Tres punto ocho kilos."

"Perdió peso. ¿Por qué no suplementas la leche materna con leche de fórmula?"

"No me dieron ninguna, y ha estado comiendo y durmiendo bien." Araceli comenzaba a dudar de si misma. ¿Era su culpa que Memo estuviera enfermo? Entonces recordó a la amable pediatra. Ella le había dicho que fuera la defensora de sus hijos. "El está comiendo bien. Su respiración es el problema. Le di un tratamiento respiratorio a medianoche y otro a las cuatro de la mañana. El tiene un vaporizador y un calentador eléctrico. Necesita oxígeno. ¿Alguien puede obtener el oxígeno por favor?" Estaba muy orgullosa de su voz firme, a pesar de que estaba temblando por dentro.

Finalmente, les hicieron llegar un tanque de oxígeno. Araceli colocó los tubos una vez más en sus pequeñas fosas nasales. Otro técnico llevó una máquina de respiración para los tratamientos cada dos horas. El cuarto tenía ocho camas, cada cama con un niño pequeño dormido y una mamá sentada a su lado tratando de mantenerse despierta. Araceli se unió al grupo.

Con el oxígeno, Memo recuperó su color normal. Araceli podría darse cuenta que sus senos estaban llenos, y era tiempo de alimentar a su bebé. Cuidadosamente levantó a Memo de la cuna y levantó su blusa. Memo estaba felizmente amamantando cuando entró el pediatra de guardia.

"Pon al niño en la mesa de examen," dijo.

"¿Puedo terminar de alimentarlo primero?"

"Lo trajiste a la sala de emergencias por una razón. Los bebés deben tener un horario de alimentación de alguna manera. Las mamás los quieren alimentar cada cinco minutos. Necesito escuchar su pecho."

Araceli quería llorar, pero hizo lo que él le pidió. Memo se quejó, pero también parecía cumplir con el estricto doctor. Cuando el doctor dio vuelta para retirarse, Araceli habló, "¿Se escucha mejor?"

"Tiene Neumonía. Necesitará estar aquí por varios días más."

"¿No podemos darle medicamentos en casa?" Araceli no podía imaginar qué harían en esta nueva situación.

"No, la enfermera comenzará un suero," dijo el doctor, y no le dio más información.

Araceli terminó de alimentar a Memo y lo recostó en la cuna con barandales. Estaba exhausta. Bajó un barandal, puso su cabeza sobre el colchón al lado de Memo, y cerró sus ojos. De pronto, alguien estaba gritando, "¿Por qué ustedes mamás están durmiendo? Tienen que cuidar a sus hijos, nosotras no podemos estar en todos lados. Ellos son su responsabilidad. ¡Despierten!"

Araceli levantó la cabeza y trató de mantenerse despierta. Memo todavía estaba dormido, su coloración era la de un bebé sano. ¿Cuánto tiempo estaría Memo en el hospital? ¿Qué estarían haciendo Lucas y Daniel? Estaba tan exhausta y ni había pensado que Lucas necesitaba descansar para poder trabajar en el próximo turno y que Daniel estaría hambriento. Miró al reloj en la pared. Eran casi las siete de la mañana. Recordó el teléfono celular en su bolsillo y marcó el número del Abuelo.

Cuando el Abuelo respondió, Araceli gritó, "Lo necesito." Estaba sollozando. Ella quería que alguien mejorara toda la situación de la familia.

"Araceli, *mi'ja*, dime qué es lo que sucede," dijo. "¿Memo está bien?"

"Estamos en el Hospital Público Infantil. ¿Puede venir?"

Antes de que pudiera responder, la enfermera gritona apareció de nuevo, gritando, "No se permiten teléfonos celulares en la sala."

Araceli finalizó la llamada. *¿Nadie podía tener piedad? ¿A nadie le importaba?*

Una hora después, el Abuelo llegó al Hospital Público Infantil. Intentó entrar, pero fue detenido por un guardia de seguridad en la entrada.

"La entrada es solo para los padres," dijo.

El Abuelo intentó explicar, pero Lucas lo escuchó. Lucas había estado dormido en una silla con Daniel en su regazo.

"Si se podría sentar aquí con Daniel, quisiera entrara cambiar lugar con Araceli."

"Seguro," dijo el Abuelo. "¿Pero tienes hambre?"

"Sí, estamos aquí desde anoche. Estoy bien, pero Araceli tendrá hambre igual que Daniel. Antes de comer, quiero ir a ver cómo está Memo."

Daniel se aferró a las piernas del extraño familiar, el hombre alto y blanco. El Abuelo sacó una barra de granola de su bolsillo y rompió un pedazo para Daniel. A unos minutos Araceli apareció con enormes ojeras. Ella se derrumbó en los brazos del Abuelo y lloró.

"Vamos a conseguirte algo de comer. Vi un puesto de burritos en la calle."

Los tres caminaron hacia su auto y recorrieron el corto camino para comprar burritos de desayuno y café con leche. Comieron en el carro, y pronto Araceli comenzó a verse mejor.

"Ve y compra unos burritos para Lucas," dijo el Abuelo, entregándole algunos pesos. "¿Lucas se quedará hoy en el hospital con Memo?"

"Sí," respondió Araceli, "pero no puede comer allí. Entraré y me quedaré con Memo mientras él sale a comer. Tal vez el médico vendrá y me pondrá al tanto del caso de Memo. Lucas puede regresar y quedarse hasta que comience su turno mientras llevo a Daniel a casa."

"¿Cuándo dormirá Lucas?"

"Ninguno de nosotros dormirá hasta que Memo llegue a casa."

Rubí

El Abuelo dejó a Araceli y a Daniel en su casa prometiendo regresar para el próximo viaje al hospital. Decidió conducir por el barrio, se encontró con una colección irregular de bloques, tarimas, lonas, desperdicios, y madera, además de unos perros flacos. Siempre había basura por todos lados, bolsas de plástico, ropa vieja, botellas quebradas, juguetes o platos rotos al azar, y un colchón que ensuciaban las calles de la colonia. Las latas de cerveza y la chatarra desaparecían rápidamente para ser cambiadas por unos pocos pesos. Las pilas de basura restantes eran buenos escondites para los cadáveres, de caninos tanto como humanos.

El Abuelo tomó algunas fotografías. Veía la belleza del lugar incluso con toda la basura. Él quería que otros también lo vieran, pero no podía capturar los sentimientos que tenía. Los humanos eran tan resilientes e ingeniosos. Siempre le sorprendía cómo las familias podían sobrevivir con tan poco. Quería ayudar a hacer la vida un poco más fácil para algunos de ellos.

El Abuelo vio a una joven embarazada caminando con dos hijos. Acercó su auto a su lado y bajó la ventanilla. "Buenos días. ¿A dónde vas?"

"A buscar chatarra," la joven mamá dijo.

"¿Has comido esta mañana?"

"No, no necesitamos su ayuda."

"Ten, ¿Qué tal unas barras de granola?" Le entregó varias barritas por la ventana.

"Gracias," dijo.

"¿Cuál es tu nombre?"

"Iván," el mayor respondió en lugar de su mamá.

"Hola, Iván. Seguro que eres un buen niño, trabajando duro temprano esta mañana. Tu mamá debe estar orgullosa de ti." La mama seguía caminando, y el Abuelo seguía manejando a su lado. "¿No estás orgullosa de él, Mamá? ¿Cuál es tu nombre?"

"Soy Rubí, ahora váyase. Tenemos que trabajar."

"Estaré encantado de comprarte una despensa. Suban, e iremos a S-Mart."

Rubí puso sus ojos en blanco y siguió caminando.

"Está bien, dime dónde vives, y yo les traeré una despensa a su casa."

Antes de que Rubí pudiera detenerlo, Iván apuntó a la casa de bloques cruzando la sucia calle. El Abuelo ahora recordaba el otro grupo de construcción allí. Le guiñó un ojo a Iván y se fue. Quería ayudar sin ser visto como alguien incómodo. Tal vez la despensa sería una avenida para conocerlos.

Una hora más tarde, el Abuelo regresó. Salió de su auto y golpeó la paleta que formaba parte del portón. "Señora," gritó fuerte. Iván asomó la cabeza por la puerta y sonrió. "Ven y ayúdame a llevar los víveres."

Juntos, el niño de quizás cinco años y el Abuelo llevaron las bolsas a la casita. Una tela sucia colgaba sobre la puerta, otra en la ventana. El lugar olía a orina, y la ropa se apilaba por todas partes.

"¿El refrigerador trabaja?" El Abuelo preguntó.

"Algunas veces," Rubí respondió.

"Tienes gas propano para cocinar?"

"Algunas veces."

"¿Puedo traerte algo de propano?"

Rubí le entregó la llave para desconectar el tanque.

"¿Tienes esposo?"

"Algunas veces."

"¿Qué edad tienes?"

"Dieciséis, y no necesito su ayuda."

"Bien, probablemente tú no, pero yo quiero ayudar." Llevó el tanque a su auto y se fue nuevamente. Cuando regresó, volvió a conectar el tanque y miró a su alrededor, haciendo una lista mental como lo había hecho en casa de Araceli. Luego regresó a su carro, manejó al estacionamiento de S-Mart, y tomó una siesta en su auto.

La rutina del hospital

Temprano esa mañana Araceli lavó la ropa a mano y la tendió en el patio. Tenía unos burritos listos para llevarle a Lucas. Tenía dos biberones de leche que bombeaba a mano para que las enfermeras las guardaran. Esperaba poder darle pecho a Memo tan pronto como llegara.

Caminó a la casa de su mamá y le rogó que dejara que Daniel quedarse esa noche ahí. Saraí de doce años prometió cuidarlo. Luego caminó hacia la esquina más cercana y esperó el autobús. Esa noche, ella necesitaría tomar dos autobuses diferentes para llegar al hospital. Si todo funcionaba según lo programado, ella podría llegar a tiempo para cambiar de lugar con Lucas para que él pudiera llegar a su trabajo a tiempo. Mientras esperaba el autobús, ella notó la forma ya familiar del gran auto blanco del Abuelo.

"Sube. ¿Dónde está Daniel?"

"En la casa de mi mamá," Araceli dijo.

"¿No es una buena idea?"

"Bueno, ella nunca nos prestaba mucha atención cuando éramos pequeños. Tuve que ser la mamá de mis hermanos. No estoy segura de cuánto lo cuidará."

"¿Estará bien?"

"Saraí, mi pequeña hermana, prometió vigilarlo."

"¿Ella es ahora la pequeña mamá?"

Araceli sonrió. "Supongo."

El Abuelo se detuvo en un estacionamiento público. Araceli salió y se registró en el escritorio. Cuando estaba a punto de pasar por la puerta al área donde se encontraba Memo, Lucas salió.

"¿Quién está con Memo?" ella preguntó ansiosamente.

"Lo están trasladando a cuidados intensivos. No estaba respirando. Lo pusieron en un ventilador."

Araceli comenzó a llorar. "¿Qué sucedió? Estaba mucho mejor esta mañana."

"No lo sé. Parecía estar bien, pero un nuevo médico vino a verlo hace unos treinta minutos y dijo que sus labios estaban azules. Dijo que tiene neumonía doble."

"¿Dónde está ahora? Necesito verlo. Necesita alimento. Necesito verlo ahora."

Lucas envolvió sus brazos alrededor de Araceli y la condujo por el pasillo a cuidados intensivos. Un guardia de seguridad aburrido se sentó en un escritorio fuera de la puerta.

"El horario de visita es al mediodía y a las 6:00 p.m. Deben estar aquí mañana a las 11:45 a.m."

"No," lloró Araceli. "Necesito verlo ahora. Es mi bebé. Tengo leche para él."

"Solo un minuto." El guardia de seguridad desapareció y regresó con una enfermera.

"Puedo llevarle esta leche, pero no puedo prometer regresar los biberones. Necesitas comprar algunas bolsas y les pones el nombre del bebé y la fecha antes de congelarlas. Tráelas mañana cuando vengas al mediodía." Antes de que la enfermera pudiera alejarse, Araceli la detuvo.

"¿Cómo está mi bebé?" le preguntó con más valentía que antes. "¿Qué sucedió? Estaba mucho mejor hoy en la mañana."

"Tu bebé está muy enfermo. Esperemos que pase la noche. Ahora déjame regresar a mi trabajo. Aquí hay más bebés aparte del tuyo."

Araceli rompió, llorando incontroladamente. *¿Cómo podría Dios dejar que esto suceda? ¿Qué había hecho mal?*

Lucas la llevó de regreso con el Abuelo y le explicó todo. El Abuelo llevó a Araceli a recoger a Daniel y luego llevó a Lucas a trabajar. El Abuelo miraba a Araceli por el espejo retrovisor.

"¿Cómo te moverías si no estuviera aquí?"

"En autobuses, algunas veces en taxis, pero son caros."

"Estoy preocupado por tu salud. Ya eras flaca. Ahora con dos bebés y toda esta preocupación, me temo que no estás comiendo lo suficiente. Necesitas descansar y comer bien para seguir amamantando. Si no, ¿Cómo podrás seguir?"

"Dios es bueno." Araceli lo dijo sin mucha convicción, pero sabía que lo que su abuela le había enseñado era verdad. Ella no renunciaría a esa fe.

"Eres una mejor creyente que yo. Duerme un poco. Estaré aquí a las 11:00 AM para llevarte al hospital."

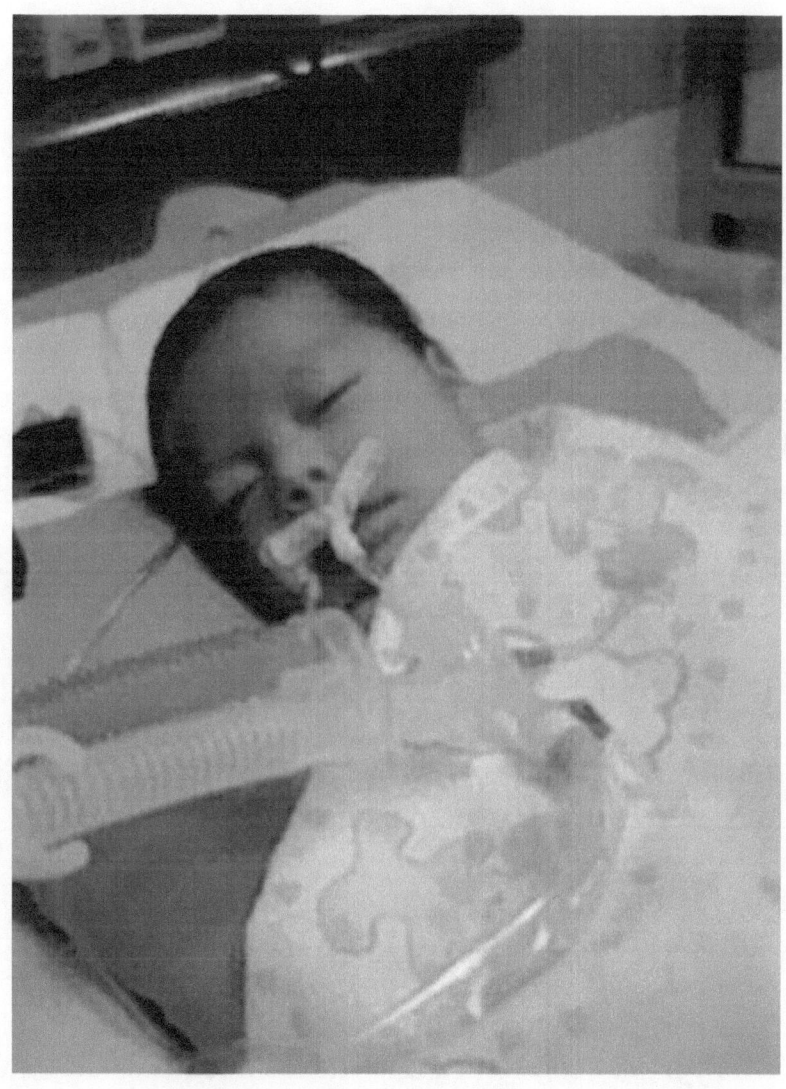

El auto

El Abuelo condujo de regreso al dormitorio. Su equipo se iba en dos días. Quería hacer una gran diferencia en la vida familiar de Araceli. Quería pensar en una cosa que pudiera cambiar sus vidas.

Más tarde ese día, se acostó en su litera y llamó a su esposa, Betty. Ella quería una actualización sobre la salud del bebé. Las mujeres eran tan sentimentales cuando se trataba de bebés. Pero él también sabía que ese pequeño Memo le había robado el corazón. Después de hablar con Betty, el Abuelo decidió salir a la mañana siguiente antes del equipo e intentar encontrar un auto usado. No tenía idea de por dónde empezar o de cuánto dinero estaba hablando. Pero tenía que hacer algo. Los ronquidos de los miembros del equipo lo volvían loco mientras trataba de poner su plan en orden. Finalmente, se quitó los auxiliares auditivos y se unió al coro de roncadores.

A la mañana siguiente, el Abuelo se levantó temprano. Estaba cargando algunas cosas en su auto cuando vio un charco de algo debajo de su carro. El Abuelo sabía que Hugo el cocinero también era un mecánico bastante bueno y lo comprobaría por él mismo. El Abuelo entró para tomar un plato de avena y hablar con él. Algunos de los miembros del equipo estaban en el comedor, las mujeres con sus bolsitas de té y batidos de proteínas preparándose para otro día de construcción. "Buenos días," todos saludaron al Abuelo. Intentó contestarles los *Buenos días* de regreso en un tono agradable, pero no era una persona que acostumbraba levantarse temprano. Encontró a Hugo y le explicó el problema con su auto, pero luego tuvo otra idea.

"¿Dónde puedo ir a comprar un auto usado? ¿Y cuánto me costaría?"

"Oye, gringo, déjame ver tu carro primero. ¡Es posible que no necesite un automóvil completamente nuevo!"

Abuelo sonrió. Le explicó sobre la familia con el bebé enfermo y su intención por comprarles un auto. Luego llevó a Hugo a mirar su auto.

"Creo que tienes un agujero en la manguera del radiador. Le colocaré cinta. Eso debería aguantar hasta que llegues a casa. Solo trata de no escapar de la migra, ¡hombre!" Hugo se burló de él. "Pero oye, tengo un chico que podría ayudarte con un auto usado. Regresa al puente. Antes de llegar a las casas de cambio a la derecha, busca *Concesionario Rodríguez*. Pero sabes, todo el mundo va a querer que les regales un auto después de eso. ¿De verdad quieres ser tan popular?"

"Le diré a la familia que lo mantenga en secreto." El Abuelo le dio a Hugo veinte dólares estadounidenses y se fue. Sabía que Hugo estaba en lo correcto, pero no podía dejar que esos niños lucharan tanto cuando él podía aliviarles su carga.

El Abuelo encontró el distribuidor justo como dijo Hugo. El señor Rodríguez no estaba aún, pero un joven llamado Jairo le mostró algunos carros. El Abuelo quedó impresionado con los modales de Jairo y su conocimiento de todos los autos.

"¿Cuánto hace que trabajas aquí?" El Abuelo preguntó.

"Desde que tenía quince años."

"¿Cuándo fue eso? ¿Ayer?" El Abuelo bromeó con él, y Jairo lo tomó con una sonrisa.

"Hace dos años. También arreglo carros en mi casa donde trabajo por las noches y fines de semana."

"¿Dónde está tu casa?"

"En la siguiente colonia a donde tu amigo Hugo trae grupos para construir."

"¿Con quién vives?"

"Solo. Mi amigo de la escuela vive al lado. Su mamá es como mi mamá."

"Algunas mamás son buenas como ella. Tienen más amor para compartir con más niños."

"Entonces, ¿te gusta este pequeño Nissan?"

"No, demasiado difícil encontrar partes, ¿cierto?"

Jairo sonrió. "Si, pero tiene un buen precio."

"Hoy tiene un buen precio, pero cuando se descomponga, no será un buen precio después de todo."

"¿Qué tal este Oldsmobile?" sugirió Jairo.

"Si, me gusta este. Aunque es bastante viejo. ¿Cuándo volverá tu jefe?"

"Probablemente a las 12."

"Está bien, regresaré. Quiero saber su mejor precio, mejor precio si pago en efectivo."

Rubí

El Abuelo fue a la bodega y compró otro calentador eléctrico y algunas sillas de plástico. Si él estaría de visita, todos necesitarían un lugar para sentarse y no había ninguna silla en la casa. Era curioso cómo él nunca antes había pensado en las sillas. Asumía que todos tenían sillas en su casa.

El Abuelo condujo hacia la casa de Rubí. Podía escuchar pasos y sonidos, pero nadie abrió la puerta. Tocó la puerta y llamó. Finalmente, la cortina se abrió y Rubí se asomó, escondiendo su cuerpo.

"Te traje un calentador y un par de sillas."

"Gracias." Ella abrió la puerta lo suficiente como para meter las cosas adentro, pero no lo invitó a pasar.

"Necesitas que te lleve a algún lugar el día de hoy?"

"¡No! Ya le dije. No necesito ningún tipo de ayuda."

"Y ya te dije, yo quiero ayudar."

Ella trató de ocultar una pequeña sonrisa. Entonces ella frunció el ceño, cerró la cortina que funcionaba como puerta, y ella desapareció. Cuando el Abuelo se apartó, miró por el espejo del lado. Un joven salió por la puerta de Rubí. El Abuelo continuó observando desde la esquina. Muy pronto llegó otro hombre. ¿Qué otras opciones tenía Rubí para ganarse la vida? ¿Qué había aprendido y visto al crecer? Ella era muy joven con el tercer bebé en camino. El Abuelo dio vuelta en la esquina para recoger a Araceli. ¿Cómo había escapado Araceli de esa vida?

Araceli

Araceli salió con Daniel cuando el Abuelo se detuvo.

"Buenos días," Araceli dijo. "¿Te importaría cuidar a Daniel en el auto mientras yo voy a cuidados intensivos?"

"Seguro, ¿dónde está Lucas?"

"Se acaba de dormir. Se puso a trabajar horas extra esta mañana. Necesita dormir un poco antes de su próximo turno."

"Está bien, ten, pon estas sillas adentro primero."

Araceli y Daniel se sentaron en el asiento trasero del auto. No había auto asientos para bebé, y nadie usaba cinturones de seguridad. El Abuelo manejaba despacio.

"¿Conoces a tu vecina, Rubí?" preguntó el Abuelo.

"La conozco, pero no somos realmente amigas. Ella vive sola."

"¿Se conocen desde niñas?"

"No realmente. Es más joven y solo fue a la escuela un par de años. Creo que su mamá fue una prostituta. Solía ver a Rubí afuera llorando sola mientras su mamá tenía hombres en su casa."

"¿Rubí tiene esposo?"

"Lo tuvo, el papá de sus hijos. Tenía doce años cuando tuvo su primer hijo. El papi ya no está. Creo que anda en malas compañías, o tal vez esté en la cárcel."

"¿Drogas?"

"Probablemente."

"¿Y Rubí? ¿Ella misma usa drogas?"

"Probablemente, pero no lo sé. La he visto llegar a casa a las cuatro de la mañana. No estoy segura de quien cuida de sus bebés." Araceli dejó escapar un gran suspiro. "¿Por qué a la gente no le importan los niños?"

"Supongo que nunca fue cuidada de niña. Ella no sabe cómo cuidar de sí misma."

"Pero mi mamá tampoco era el tipo de mamá que quiero ser."

"No sé, algunas personas parecen tener ese impulso interno para querer hacerlo mejor. ¿Tus hermanas lo tienen?"

"Creo que tal vez Saraí, pero luego habla sobre abandonar la escuela. Yo nunca quise abandonar la escuela. Yo quería seguir estudiando."

"¿Qué sucedió?"

"Mi mamá no quería pagar la inscripción para ir a la secundaria."

"¿Por qué no?"

"Ella dijo que me necesitaba en casa."

"¿Todavía puedes obtener un diploma?"

Araceli asintió, tristemente recordando lo que muchos le habían dicho. "Empecé a trabajar en ello antes de que Lucas y yo nos juntáramos. Dejé de asistir por encontrar lo que parecía un buen trabajo y no he podido volver."

"Lo harás. Un día lo harás. Puedo ver que todavía lo quieres."

¿Cómo la conocía este gringo mejor de lo que ella se conocía a sí misma?

En el hospital, Daniel y el Abuelo estaban entretenidos en su auto. Araceli entró justo al mediodía junto con otros padres preocupados. El resto de las familias esperaban afuera. A las 12:15 algunas mamás salieron y los padres entraron. A las 12:30 exactamente Araceli salió con los otros padres. El guardia de seguridad parecía ser más un carcelero que un guardia en un hospital infantil. Los padres parecían los sospechosos, sospechoso de no preocuparse lo suficiente por sus hijos aunque llegaban ahí para pedir auxilio.

"¿Cómo lo viste?" el Abuelo preguntó.

"Su coloración está bien, pero él todavía está en el ventilador. La enfermera dijo que le están dando algo para mantenerlo dormido y quieto. El pediatra dijo que pronto tratarán de desconectarlo del ventilador y ver cómo reacciona. Podemos visitarlo de nuevo a las seis."

"Está bien, vamos a otro lugar primero." El Abuelo los condujo al estacionamiento de autos, y Jairo salió corriendo a saludarlo.

"Buenas tardes, amigo. El jefe ya se encuentra aquí. Quiere hacer un trato."

"Llévame con el," le dijo y a Araceli, "ahorita regreso."

Jairo llevó al Abuelo a una oficina llena de humo, no tan grande como la casa que el equipo de voluntarios había construido para Araceli. Calendarios de mujeres semidesnudas estaban pegados en las paredes, unas gringas pero con publicidad en español. Un cenicero desbordado y montones de papeles desordenados cubrían el escritorio.

"¿Cómo puedo ayudarte, gringo?" Se puso de pie y saludó de mano al Abuelo.

"¿Es usted el Señor Rodríguez?"

"Sí, Señor, a sus órdenes."

"Hugo me envió aquí. ¿Cuál es tu mejor precio para el Olds?"

"Oh, un amigo de Hugo. Llámame Rafa. Pido 30,000 por ese. Trabaja bien, bajo kilometraje."

"¿Qué tan bajo?" El Abuelo intentó no reír.

"Menos de 200,000." El dueño mantuvo una cara seria.

"Déjame verlo por dentro."

Rafa buscó la llave y llevó al Abuelo y a Jairo al lote. Con un poco de trabajo, la puerta se abrió, y Rafa arrancó el motor. Humo negro salió disparado por el escape, pero luego el motor se calmó. El interior era un desastre, pero lo principal era el transporte hacia y desde el hospital en caso de emergencia.

"Ese es un buen motor. Mucho poder," dijo Rafa.

"No necesito poder. Necesito confiabilidad."

"Tenemos una garantía de treinta días," Rafa presumió.

"¿Eso es todo? ¡Es como si yo pagara mil pesos por día para conducirlo!"

"Oh, pero durará más que eso. Tú sabes que el Oldsmobile es una buena marca."

"Te daré 20,000 en efectivo. ¿Qué tengo que hacer para llevármelo?"

"Oh, mi amigo. Estás haciendo esto muy difícil. No puedo ganar dinero de esa manera. ¿Qué tal 28,000?"

"No, 20, 000 y dime qué otras tarifas ocultas están involucradas para registrarlo y no ser detenido por el Tránsito."

Jairo sonrió al gran gringo. Parecía estar disfrutando la conversación. El Abuelo le guiñó un ojo. "¿Le pagas lo suficiente a este chico?"

Rafa levantó la vista ante el repentino cambio en la conversación. "El gana lo suficiente. Está bien, Tomaré tu oferta, pero la transferencia se realiza en el fideicomiso. Tienes que hacer esa parte tú mismo. Jairo puede ir contigo."

Rafa los llevó de regreso a la oficina y llenó algunos formularios. Entonces el Abuelo llevó a Jairo con ellos a la oficina siguiente. Araceli y Daniel veían desde el asiento trasero del auto, preguntándose qué estaba haciendo el gringo loco ahora.

Como Navidad

El Abuelo y Jairo salieron de la oficina, sonriendo y riendo como viejos amigos. El Abuelo los condujo de vuelta al lote de autos. El salió, sacó algunos billetes grandes de su bolsillo, estrechó la mano de Rafa y Jairo, y volvió al auto.

"Vamos a casa," le dijo a Araceli. "Tenemos que despertar a tu hombre. ¿Sabe manejar?"

"No lo sé," Araceli respondió, sonriendo. "¿Por qué?"

"Te voy a comprar un auto para emergencias hospitalarias. Pero no puedes decirle a nadie cómo lo conseguiste. Inventa una buena historia ahora, tal vez estás haciendo pagos a un capo de la droga, ganaste la *lotería*, o algo más, pero no menciones mi nombre."

"Abuelo, no podemos pagarte esto. ¿Cómo podemos agradecerte?"

"Siendo la mejor mamá que puedes ser y un día terminando los estudios que empezaste. Ese será mi pago."

Mientras se estacionaba frente a su casa, ella lo alcanzó desde atrás y envolvió sus brazos alrededor de su cuello.

"Te quiero, Abuelo. Nadie nos ha cuidado así. Dios debió enviarlo."

El Abuelo le dio unas palmaditas en los brazos y dijo, "Está bien, vamos a ver si tu esposo sabe manejar. Despiértalo. Tal vez podamos hacer todo esto a tiempo para la visita al hospital y su turno en el trabajo."

Al llegar al vecindario, vieron una escena preocupante. Rubí embarazada le gritaba a alguien junto a una camioneta blanca marcada DIF (Desarrollo Integral de la Familia). Los servicios de protección infantil del gobierno estaban allí para recoger a sus hijos. El Abuelo se detuvo al lado de ellos.

"¿Puedo ayudar?" le preguntó al hombre en la camioneta.

"Recibimos una llamada de que estos niños se quedan solos por la noche y no hay comida en la casa."

"Hay comida y puedo traerles más," dijo el Abuelo.

"Y usted, ¿qué es de esta familia?"

"Un amigo. Estoy aquí con la misión que construyen las casas."

"Dejaré esto por hoy como tengo otro caso más urgente. Toma esto como una advertencia oficial," dijo el oficial del DIF mirando a Rubí directamente a los ojos.

La camioneta se alejó, y Rubí miró al suelo. "Gracias," murmuró.

"Ya regreso," dijo el Abuelo y se alejó para llevar a Araceli y a Daniel a su casa.

Araceli y Daniel corrieron a la puerta gritando y riendo.

"Lucas, despierta. ¿Sabes manejar? ¡El Abuelo nos quiere comprar un auto! Será un secreto. No podemos decirle a nadie de dónde vino. Despierta, despierta."

Lucas todavía estaba aturdido por unas pocas horas de sueño, pero se levantó para saber de qué estaban hablando.

"¿Sabes manejar?" El Abuelo preguntó cuando entró por la puerta.

"Si, he manejado algo."

"Vamos por tu auto."

Subieron al carro felices como niños en Navidad, excepto que nunca habían esperado regalos de Navidad tampoco. En un instante, Lucas estaba en el asiento del conductor de su "nuevo" auto, listo para llevar a su familia a ver a su hijo en cuidados intensivos. Antes de que él saliera del lote, El Abuelo le estrechó la mano y lo miró a los ojos.

"Quiero que obtengas una licencia tan pronto como Memo llegue a casa. Nada de beber y manejar. No quiero excusas."

"Gracias. Lo prometo," Lucas dijo.

Araceli envolvió sus brazos alrededor del Abuelo nuevamente. Este gran gringo estaba cambiando el rumbo de sus vidas. Las lágrimas rodaron por sus mejillas.

"Gracias, Abuelo. No tengo palabras suficientes."

"Ve y cuida a tu bebé. Te veré mañana antes de irme."

La pequeña familia se fue, despidiendo del Abuelo. Nunca se imaginaban que existe una persona así sin interés.

Rubí

El Abuelo disfrutó ese cálido sentimiento un poco más, pero de repente recordó a Rubí. Compró algunos burritos en el puesto cercano, regresó a su gran coche, y condujo hacia la casa de Rubí. Él también quería hacer una diferencia con la familia de Rubí a pesar de que Rubí había dejado en claro que no quería ninguna ayuda. Rubí no parecía darse cuenta de que podría haber un camino diferente.

Mientras el Abuelo se acercaba a la puerta, un hombre salió.

"No necesitamos tu ayuda," dijo.

"Compré algunos burritos. ¿Eres el esposo de Rubí?"

"Sí, no necesitamos de tu ayuda."

"Bueno, yo quisiera ayudar. Así que, ayúdame. Toma los burritos y disfrútenlos." Le entregó la bolsa y se dio la vuelta para irse. "Soy Paul."

"Leo."

"Mucho gusto, Leo. Tienes una bonita familia."

"Gracias, pero no necesitamos de su ayuda." Leo también le gritó al pequeño Iván para que volviera a entrar también.

El Abuelo alzó de hombros y regresó a su auto, tratando de recordar el sentimiento cálido anterior con la familia de Araceli. Regresó al dormitorio para alistar sus cosas para su largo viaje de regreso a casa. Le pediría que Hugo revisara su auto antes de regresar a casa temprano a la mañana siguiente. Había ayudado todo lo que podía en este viaje, pero regresaría. Muchas familias todavía necesitaban ayuda. Había mucho trabajo por hacer.

Memo

En el hospital, Araceli entró primero. Memo ya no usaba el ventilador y parecía llorar de gusto. Su color parecía verse mejor. Ya no tenía el color azul alrededor de su boca. Corrió hacia él, sacándolo de la cuna. Memo se calmó de inmediato, pero ella podía ver que tenía hambre. Se sentó en una incómoda silla y finalmente pudo amamantarlo. Las lágrimas rodaron por sus mejillas mientras agradecía a Dios por tantas bendiciones en su vida. Muy pronto un pediatra distinto llegó.

"Creo que podemos darlo de alta de cuidados intensivos y trasladarlo a una habitación regular con otros niños, y tal vez mañana lo damos de alta."

"Gracias, doctor. Muchas gracias. Dios es bueno."

Araceli regresó a Memo a la cuna y salió a ver a Lucas.

"De prisa, lo van a trasladar a una habitación. Necesitaremos un nuevo plan. Uno de nosotros tendrá que estar con él en todo momento."

Lucas entró para estar con Memo, y Araceli tomó la mano de Daniel. Lo llevó a una pequeña capilla al lado de la entrada de cuidados intensivos. Fotos de muchos niños habían sido pegadas al azar a lo largo de las paredes. Velas encendidas bajo pinturas de la Virgen de Guadalupe. Araceli se arrodilló ante una pintura de Jesús con los niños en su regazo.

"Gracias, Señor. Gracias por salvar a nuestro hijo. Ayúdanos a cuidarlo y criarlo para que sea la persona para la que lo creaste. Te doy gracias por el Abuelo, tu fiel servidor. Ayúdanos a pagar su servicio siendo buenos padres. Amén."

"Mamá, ¿el Abuelo es un ángel?"

Araceli no dudó, "Sí, sí lo es, Daniel. Sí, sí es."

Epílogue

Muchos ángeles continúan visitando y sirviendo en esta área de grandes dificultades en Ciudad Juárez. Aunque se están haciendo progreso, queda mucho por hacer. Demasiadas familias aún viven en casas hechas de tarimas y lonas. Demasiadas familias no valoran la educación o no tienen los medios para que sus hijos continúen sus estudios. Muy pocos niños estudian más allá del sexto grado. Demasiadas niñas pre-adolescentes quedan embarazadas, y a menudo por hombres mucho mayores que ellas. Demasiados jóvenes están cayendo en la trampa de las drogas, ya sea como usuarios o como distribuidores. Existen muy pocos buenos modelos a seguir. Muy pocos niños sueñan con una vida mejor a la que tienen.

Que Dios bendiga a las familias que luchan allí y a los que sirven allí. Amémonos unos a otros.

About the Author

Gracias por la compra de este libro. Las ganancias apoyan la misión Love and Literacy en Ciudad Juárez que anima a los niños a leer y estudiar. Visite la página de Facebook Love and Literacy o puede contactarme por correo electrónico msurles2018@gmail.com